BIBLIOTECA J. M. BRICEÑO GUERRERO

La obra del filósofo venezolano José Manuel Briceño Guerrero (Palmarito, 1929–Mérida, 2014) es una síntesis única de la más profunda y erudita reflexión con la más jovial y pícara sensibilidad latinoamericana, y esa síntesis, que se alimenta de lo más hondo de la filosofía universal así como del genio del habla cotidiana, es un retrato del alma de su autor. En todas sus obras se verifica la perfecta composición entre un mensaje universal y un mensaje singularmente latino, y muy venezolano, llanero, larense, merideño. La difusión hasta ahora limitada de la presente biblioteca refleja también el destino del autor, que prefirió siempre la vida retirada y la docencia infatigable al brillo de las capitales y las élites académicas. La presente edición, autorizada y supervisada por los herederos de Briceño Guerrero, tiene como objetivo la difusión internacional de un legado que por su profundidad y su perfección literaria pertenece al mundo entero y a los lectores de todos los tiempos. J. M. Briceño Guerrero es un gran clásico de las letras latinoamericanas, cuya pertinencia crece con el paso de los años.

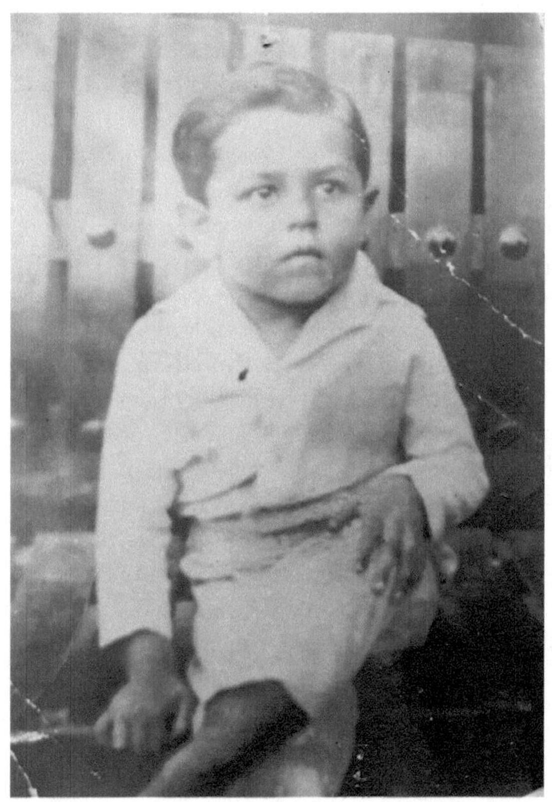

J. M. Briceño Guerrero, *ca.* 1933

LOVE AND TERROR OF THE WORDS

AMOR Y TERROR DE LAS PALABRAS

αἰὼν παῖς ἐστι παίζων, πεσσεύων·
παιδὸς ἡ βασιληίη. Ἡράκλειτος

Endless time is a child playing, playing board games.
Kingship is the child's.
Heraclitus

Love and Terror
of the Words

Amor y terror
de las palabras

by

José Manuel Briceño Guerrero

translated from Spanish by

Juan Acevedo

Les éditions du magnolia

First Spanish edition: Mandorla, Caracas, 1987.

ISBN 978-2-9564540-1-4

18/20 rue Lesage
75020 Paris, France
maestro.jmbg@gmail.com

Cover design: Roxane Fustec.

Cover art: Baptiste Piechaud.

Spanish text revision: Wilmer Zambrano.

Typesetting: Elías Acevedo.

Contents

Professor Briceño belongs with those authors who are able to summon and conjure in their writing all the forces of their native language. No register, no obscure recess of the lexical treasure of Spanish is left unexplored. He treats language as a true philologist, fully conscious of his creative power and his re-creative prerogative. Naturally, I had to make my peace with the untranslatability of this work almost from the first page.

I shall not moan, but rather express my gratitude to the publishers who accepted to publish the original text on facing pages, thus relieving me from making excuses. And I wish to thank warmly two friends and adept translators who helped me avoid many pitfalls and shared their suggestions most generously: Anna Maria Leoni and Nelly Lhermillier.

The Spanish text has been revised to correct a few typos that had crept in over the years in the now numerous Venezuelan reprints.

Cette publication est dédiée à son petit-fils, Pablo Manuel Fustec Briceño, qui est récemment parti le rejoindre.

Juan Acevedo
Cambridge, UK, March 2021

Leídos los manuscritos, fui a ver al autor, antes de escribirles un prólogo, para clarificar por medio de preguntas una objeción que me molestó durante la lectura. Antes de escribirlo, debía conformar o suprimir una renuencia en mí y un rechazo.

El texto debe hablar por sí solo —ya lo sé— y es defectuoso si el autor se ve obligado a explicarlo. Pero, en este caso, se trataba de algo que me inquietaba personalmente, más acá de la comprensión.

No cometí la grosería de preguntarle si el relato era autobiográfico. Toda ficción es, en alguna medida, autobiográfica y toda autobiografía es, en gran medida, ficticia. Lejos de mí tratar de deslindar por pura curiosidad el límite entre ambas. Mi asunto se planteaba en otro nivel, sutilmente distinto: yo percibía dos discursos; el uno de ideas, el otro narrativo.

Entiendo y acepto que un discurso de ideas se sirva de un discurso narrativo, aunque, como amante de la literatura, ponga objeción al uso instrumental, servil de la ficción. Inventar un personaje con un defecto psíquico permite, sin duda, mostrar con mayor claridad aquello que la dificultad pone en evidencia, pero las ventajas teóricas de tal proceder traen consigo a menudo desventajas estéticas, dependiendo todo, por supuesto, del arte.

No era ése, sin embargo, el caso de este manuscrito. Me pareció más bien que el discurso teórico salía de la ficción narrativa y a veces sentí que era yo quien hacía esa distinción en forma un tanto arbitraria.

Le expuse todo esto y guardé silencio para escuchar su comentario; pero él no dijo nada. Entonces yo comprendí la vaguedad genérica de mi exposición y concreté. Cuando el adulto presta al niño sus comprensiones y su lenguaje de adulto, ¿no está falsificando la infancia? Él no respondió.

Having read the manuscripts, I came to meet the author before writing a preface for them, to clarify through questions an issue that had bothered me as I went through the text. Before writing the preface, I needed to confirm or get rid of a reluctance in me, and a rejection.

The text must speak for itself—I know that—and it is defective if the author feels the need to give explanations. But in this case it had to do with something that disturbed me personally, hitherward from understanding, as it were.

I was not so crass to ask if the story was autobiographical. All fiction is, to a certain degree, autobiography, and every autobiography is, in a good measure, fictitious. Far from me to try and decide the limit between them by mere curiosity. My question arose on another level, subtly different: I was perceiving two discourses; one of ideas and the other narrative.

I understand and I accept that a conceptual discourse may take advantage of a narrative discourse, even though, as a lover of literature, I have my objections to the instrumental, servile use of fiction. Inventing a character with a psychological handicap enables us—there is no question about it—to show with greater clearness what the impairment makes evident, but the theoretical advantages of such practice often bring their own aesthetic setbacks; and art is always to be the sole criterion.

This was not, however, the case of the present manuscript. It rather seemed to me as if the conceptual discourse sprang out from the narrative fiction, and I felt at times as if I were drawing the distinction myself, and somewhat arbitrarily.

I explained all this and remained silent, expecting his comments; but he said nothing. Then I became aware of the generic vagueness of my account, and I came to the point. When the adult lends to the child his adult understanding and idiom, isn't he falsifying childhood? He did not answer.

Yo concedí de inmediato: La reflexión del adulto ilumina las experiencias de la infancia y da sentido a los recuerdos lejanos; además, el narrador es todo el tiempo un adulto. Pero —y aquí sí formulé abiertamente mi objeción—, ¿es verosímil atribuir a un niño, incluso a un niño sensitivo en extremo, la terrible aventura narrada en este texto y su continuación durante la adolescencia y la juventud? Él no respondió.

Aclaré: He oído de expertos que el niño es padre del adulto y admito la importancia de los primeros años de la vida en la formación del hombre, ¿cómo negarla?, pero la posibilidad de una búsqueda tan implacable y tan secreta en tan temprana edad me resulta inconciliable con mis observaciones de los niños.

Mientras aclaraba, se puso de manifiesto en mí una inquietud inexplicable y me di cuenta de que el centro de mi pregunta era obscuro para mí mismo.

Él alzó los ojos hacia mí. En su mirada había respeto y compasión. Calló todavía, como si midiera sus palabras antes de pronunciarlas para no ofenderme. Al fin me preguntó: ¿Recuerdas tu propia infancia?

Entonces fui yo el que no respondió. Confrontado conmigo mismo en el centro de mi intimidad, guardé silencio y exploré mis recuerdos, en calma, pues ni él ni las circunstancias me apremiaban.

No vi mucho. Algunos incidentes, algunas travesuras, ciertos castigos, éxitos y fracasos escolares, todo a través de un agua turbia que desdibujaba las imágenes visibles y ocultaba —así me pareció— lo más importante. ¿Cuándo, cómo se había hundido mi infancia en los abismos de la memoria? No recuerdo sino por fragmentos deformados al niño que me engendró.

Tuve la sensación de llevar en mí una Atlántida sumergida. ¿Con qué fuerzas bucear? ¿Qué batiscafo podría llevarme a ese nivel de mi origen? En un instante esquivo me pareció recordar una limpidez, una transparencia, una libertad ilimitada sin dualidad y sin vocerío. Me pareció entrever la plenitud perdida, el poder de mis primeros años. Pero entonces yo era todo un niño, ahora soy sólo un hombre, un hombre solo.

J.M.B.G.

I immediately granted: adult self-awareness sheds light on childhood experiences and gives meaning to distant memories; and besides, the narrator remains an adult throughout. Nonetheless—and here I finally laid bare my objection—is it plausible to attribute to a child, even to an extremely sensitive child, the terrible adventure described in this text, and its continuation through adolescence and youth? He did not answer.

I made myself clearer: I have heard from experts that the child is the parent of the adult, and I admit the importance of the first years of life in the formation of man—how could it be denied? But the likelihood of such a relentless and secret exploration at such a tender age is frankly at odds with my observation of children.

As I tried to make myself clear, I became aware of a puzzling disquiet arising within me, and I realised that the centre of my question remained obscure even to me.

He raised his eyes towards me. There was respect and compassion in them. He still remained silent, as if measuring his words before uttering them, lest he should offend me. At last, he asked me, "Do you remember your own childhood'?

And then I was the one who did not answer. Confronted with myself at my inmost centre, I kept silent, and I explored my memories calmly, for neither he nor the circumstances were pressing.

I didn't see much. A few incidents, some mischief, some scolding, school failures and success, everything through a murky water which blurred what there was to see, while keeping occult —it seemed to me— the most important. When and how had my childhood sunk in the abyss of memory? It is only through disfigured fragments that I remember the child who gave me origin.

I had the sensation of carrying within me a submerged Atlantis. What forces would help me dive? What bathyscaphe could take me to those depths of my being? For a fleeting instant I seemed to remember a purity, a transparency, a boundless freedom without duality and without tumult. I seemed to have a glimpse of the lost plenitude, the power of my early years. But back then I was quite a child; now I am only a man, a lonely man.

J.M.B.G.

Desde siempre la experiencia vivida en la palabra me pareció más real que el contacto directo con las cosas. No sentí el lenguaje como representante del mundo que los sentidos me entregaban, ni como camino hacia él, sino como ámbito de una realidad más fuerte y más cercana a mí. No sólo lo que yo percibía, también todo lo que hacía y sentía mostraba signos dolorosos y grises de inferioridad y exilio en contraste con la plenitud verbal. Todos los seres eran para mí aspirantes obscuros a una dignidad que sólo la palabra podía darles y hasta su débil existencia provenía de sus nombres; una existencia prestada, pues el centro de gravedad y de prestigio se mantenía en los nombres.

En palabras fui engendrado y parido, y con palabras me amamantó mi madre. Nada me dio sin palabras. Cuando yo comencé a preguntar: ¿Qué es eso?, no pedía la ubicación de una percepción en un concepto; pedía la palabra que abrigaba y sostenía aquella cosa, para sacarla de la orfandad, para arrancarla de la precaria existencia suministrada por la palabra cosa, indiferente y perezosa madrastra, y restituirla a su hogar legítimo, su nombre, en el mundo firme de mi lengua. Hogar prestado, es cierto; pero único hogar al cual podían aspirar las cosas, condenadas como estaban a vivir arrimadas en la casa del verbo.

Si observaba atentamente, descubría que el mundo no verbal era un mundo constituido por la palabra. En gran parte me lo entregaban los sentidos, sí; pero sentidos educados por la palabra. Los nombres de colores me enseñaron una manera de percibir; ya adulto aprendí un idioma con menos nombres de colores que el español; si esa hubiera sido mi lengua materna, el mundo supuestamente no verbal hubiera sido menos polícromo. Otro idioma tiene ochenta palabras para designar diversos tipos de arena y ninguna para designar la arena en general. Si esa hubiera sido mi lengua materna, el amor mío por las playas habría tenido dedos más numerosos y sutiles para acariciarlas minuciosamente desde ojos expertísimos.

The living experience of words was always more real for me than the direct encounter with things. I did not feel language as a representative of the world given to me by the senses, nor as a pathway into it, but rather as a sphere encompassing another reality, one mightier and closer to me. Not only every one of my perceptions, but also everything I did and what I felt presented me with painful and grey tokens of inferiority and exile, in contrast with the plenitude of words. All beings were for me obscure aspirants to a dignity which only language could grant them, and even their precarious existence was owed to their names; a merely borrowed existence, for the centre of gravity and prestige always remained in the names.

In words I was engendered and born, and with words I was nursed by my mother. Nothing did she give me without words. When I started asking, "What is that?", I was not asking for the assignment of a concept to a perception; I was asking for the word that sheltered and supported the thing, in order to raise it from its orphanhood, to pull it out from the feeble existence afforded by the word "thing"—an indifferent and lazy stepmother—and to bring it back to its true home, its name, within the stable world of my own language. It was a borrowed home, it's true, but it was the only home to which things could aspire, doomed as they were to cringe for refuge in the house of words.

Upon careful attention, I came to discover that the non-verbal world was a realm constituted by the word. To a great extent, certainly, it was given to me by the senses, but the senses themselves had been educated by words. The names of colours taught me a way of perceiving. Later, as an adult, I learnt a language with fewer colour names than Spanish; had that been my mother tongue, the allegedly non-verbal world would have been less polychrome. Another language has eighty different terms to name varieties of sand, and none to designate sand in general. Had that been my mother tongue, my love for beaches would have had more numerous and subtler fingers to caress them, ever so expertly, with keener eyes.

En los juegos infantiles, las palabras de rondas y diálogos hieráticos eran más importantes que los movimientos de cuerpo y emoción: los producían y gobernaban; los contenían y guardaban cuando no jugábamos; y ahora los recuerdo como un cierto brillo cristalino en ellas.

Durante los bochinches del recreo y las peleas furtivas en el aula, me herían más las palabras agresivas que puñetazos, pellizcos, jalones de cabello, empujones, patadas y pedradas. El verso de Martí

> Cultivo la rosa blanca
> en junio como en enero
> para el amigo sincero
> que me da su mano franca.
>
> Y para aquel que me arranca
> el corazón con la mano,
> en junio como en enero
> cultivo la rosa blanca.

era más interesante que atender el jardín o ser magnánimo. La frase: "Según opinión de muchos historiadores, Cristóbal Colón, descubridor de América, nació en Génova, ciudad de Italia; sin embargo, algunos investigadores modernos opinan que era español", me parecía más valiosa que el descubrimiento de América y la vida de Colón.

Expresiones anunciadoras, preparatorias y acompañantes del castigo como: No sean hijos del rigor, Hoy no está la masa pa' bollo, Guerra avisada no mata soldado, Esto es la gota que rebosa la medida, Te vas a acordar del día en que naciste, Me duele a mí más que a ti, pero es por tu bien, me impresionaban más que la creciente ira contenida de la madre y su descarga final.

A un compañero enfurecido que se abalanzaba sobre mí, le dije con gran desparpajo: Pega, pero escucha; se detuvo asombrado, yo me fui porque no tenía nada más qué decirle. ¿Qué más que esa poderosa frase llegada por boca del maestro desde la antigüedad clásica?

While at play with other children, the words of circle dances and hieratic dialogues were more important than the movements of my body and feelings: indeed, words caused them and ruled over them; they contained them and preserved them while we were not playing; and now I remember them as having a certain crystal glimmer.

Amidst the playground hurly-burly and the sneaky classroom fights, aggressive words hurt me more than punches, pinches, hair pulling, shoving, kicks, and hurled stones. Martí's verses,

> I nurture the snow-white rose
> In January as in July
> For the sincere loving friend
> Who gives me his open hand.
>
> And for the cruel one who rips
> My living heart with his hand,
> In January as in July
> I nurture the snow-white rose.

were more interesting than tending the garden or being magnanimous. The sentence, "According to the opinion of many historians, Christopher Columbus, discoverer of the Americas, was born in the Italian town of Genoa; however, some modern historians are of the opinion he hailed from Spain," seemed to me more valuable than the discovery of the Americas and the life of Columbus.

Utterances that announced, prepared for and accompanied the delivery of a punishment, like "You've asked for it," "Spare the rod and spoil the child," "Don't say I didn't warn you," "This was the final straw," "You will remember the day you were born," "This hurts me more than it hurts you, but it's for your own good," made a stronger impression on me than mother's simmering irritation and the eventual explosion.

Facing a raging classmate who was about to pounce on me, I stood unfazed and bawled: "Strike if you will, but hear me!" He froze, baffled, and I went away, having nothing else to tell him. What could I add to that powerful sentence, issuing directly from classical antiquity through our teacher's mouth?

Los dedos rosados de la aurora me gustaban más que el amanecer. Fue por las tres Marías, el lazo abierto, las siete cabrillas, el toro tuerto, la cruz de mayo, el cazador con sus perros y la leche derramada, que me interesaron las estrellas. Quise ver el mar porque en él no se podía arar ni cosechar y era como un potro. No se crea, sin embargo, que el encanto estaba en la metáfora, ese salto semántico que tanto había de cautivarme más tarde.

Estaba sobre todo en las palabras mismas, en su sonido, en las relaciones de sus sonidos, en el parentesco oculto de las letras, en la secreta correspondencia de las sílabas, cómplices en un juego clandestino, de espalda a los significados, o tal vez determinándolos, pero como acción secundaria y parcial dentro de un hacer autónomo, propio del lenguaje, independiente de nosotros y en general inadvertido.

Así, por ejemplo, el relato de las fábulas y sobre todo las moralejas me dejaban frío; no así las expresiones:

> Subió una mona a un nogal
> y cogiendo una nuez verde
> en la cáscara la muerde
> con que le supo muy mal.

> A casa del cerrajero
> entró la serpiente un día
> y la insensata mordía
> en una lima de acero

Sospeché que los poetas conocían esa red sutil y secreta de sentido y significaciones propia del lenguaje en sí mismo, y que trabajaban desde ella, por ella, tomando como pretexto los temas que trataban; de ella emanaban, por lo menos para mí, el encanto y la belleza de los poemas; eran buenos en cuanto ponían en juego y evocaban intencionalmente la escondida entraña del lenguaje mientras pretendían contar historias, descubrir situaciones, expresar sentimientos o amonestar e incitar.

The "rosy-fingered dawn" was more pleasing to me than the break of day. And it was thanks to the Three Marys, the Open Lasso, the Seven Sisters, the One-eyed Bull, the Cross of May, the Mighty Hunter with his dogs, and the Spilled Milk that I became interested in stars. I wanted to see the ocean because it was "unharvested" and "like a foal"—but let me make clear that the charm was not in the metaphor, that semantic leap which would so delight me in later years.

It was above all in the words themselves, in their sound, in the relations between their sounds, in the hidden ancestry of the letters, in the secret correspondence of the syllables, who were accomplices in a clandestine game, turning their back to the meanings or determining them perhaps, but only as a secondary and partial activity, inscribed in an autonomous enterprise, one proper to language, independent from us, and generally unnoticed.

Thus, for instance, the narrative in fables, and above all their morals, left me unimpressed, but not so their phrasing:

> A monkey went up the walnut,
> And lay hand on a green nut,
> Which upon biting its husk,
> She found unpleasant enough.
>
> Into the house of the locksmith,
> Entered the serpent one day,
> And she kept biting, unwary,
> On the edge of a steel file.

I harboured the suspicion that poets were acquainted with that subtle and secret web of sense and meanings proper to language in itself, and that they worked from within it, and for it, using as pretexts the themes of which they spoke; in any case, for me, it was from that realm that the appeal and beauty of poems would arise; they were good insofar as they brought into play and evoked intentionally the hidden depth of language, while pretending to tell stories, to unveil scenes, to express feelings, or to admonish and incite.

Osé pensar que a Hornero no le importaban mucho ni los rencores del Pélida funestos, ni la nefasta belleza de Helena, ni los urgentes manes de Patroclo, ni la altivez inexorable de Ayax.

Osé poner en duda la devoción de Berceo por la Santísima Virgen. Osé considerar secundarios a moros y cristianos en los antiguos romances como a gitanos y toreros en los nuevos.

Sobre todo en la adolescencia, cuando comencé a leer poemas de amor, me pareció que los poetas no amaban a las muchachas cantadas en sus versos, sino a una esquiva doncella oculta en la palabra y relacionada sólo ocasionalmente y por añadidura con las ingenuas receptoras de ese vicario afecto.

Me equivocaba sin duda. Me equivocaba tal vez. Pero algo era claro: se mezclaban dos mundos, originario el uno, derivado el otro, con servidumbre ilegítima no infrecuente del primero al segundo. Lo mismo ocurría ciertamente en el habla cotidiana; pero aquí se justificaba por los imperativos de la necesidad y el deseo. De los poetas cabía esperar la pureza. Yo era más radical.

En la infancia aprendí con placer nombres y proverbios de cuyo significado no quiero acordarme. Me gustaban los trabalenguas más que las golosinas. Paladeaba hechizos y conjuros glosolálicos como si fueran caramelos. Mi juego favorito era hablar en una lengua inventada sobre la marcha: astrapalún galabir decía un compañero y yo le respondía de inmediato paslacatar, iniciando así un diálogo como nunca he tenido mejores; decíamos que era francés o turco o chino según el parecido con el habla de esos extranjeros, a quienes por cierto ponía yo más cuidado, sin entender, que al maestro, entendiendo.

Oír conversaciones de lejos era tranquilizante como el ruido de la lluvia y yo intentaba siempre oír regaños y discursos como quien oye llover. Pero lo que más me agradaba era quedarme a solas, sin testigos, para desatar las palabras de su significado, para soltarlas; repetía en voz alta una palabra cualquiera y la seguía repitiendo, a veces en grito pleno, a veces en susurro, hasta que perdía todo contenido, toda referencia a las cosas. En un primer momento de liberación, la

I dared think that Homer did not care much for the rancours of the Pelleiad horrific, nor for Helen's doomed beauty, or Patroclus' urging manes, or Ajax's inexorable loftiness.

I dared doubt of Berceo's devotion for the Holy Virgin. I dared think that moors and Christians were as secondary in the old romances as gypsies and bullfighters in the new ones.

Above all, as a teenager, when I started reading love poems, I had the impression that poets did not love the ladies they were singing about, but instead an elusive maiden who was veiled by the words, and only occasionally and as if by surplus related to the unsuspecting recipients of such vicarious affection.

I was wrong, doubtlessly. I was wrong, perhaps. But one thing was clear: two worlds were intermingling, one original, the other derived, with the not infrequent, unlawful subjection of the former to the latter. It is true that the same happened in everyday speech, but in this case it was justified by imperative needs and by desire. From the poets, it was only natural to expect purity. I was more radical.

During my childhood, I learnt with delight names and proverbs whose meaning I do not care to remember. I enjoyed tongue-twisters more than sweets. I savoured charms and glossolalic spells as if they were candy. My favourite game was to speak in a language invented on the go: "burtull a-forte lo," would say one of my classmates, to which I immediately replied, "tartafoolompian telooney," thus starting a dialogue as good as I have ever since had. We said it was French, Turkish or Chinese, depending on the resemblance with the languages overheard from strangers to whom, incidentally, I used to pay more attention, even without understanding them, than to my own teacher, whose words I understood.

Listening to conversations from afar was as soothing as the sound of the rain, and I always tried to listen to scoldings and to sermons as one who listens to the rain falling. But what I liked most was to stay on my own, without witnesses, to unbind words from their meanings, to break them free. I would start repeating any given word aloud, and I would go on repeating it, sometimes even shouting, sometimes in a whisper, until it was emptied of contents, bereft of any reference

palabra pelícano podía agredirme como una serpiente enfurecida y la palabra serpiente acariciarme las sienes como el viento veranero. Pero una vez en libertad completa, la voz repetida rompía todas las estructuras de mi mundo y abría un ámbito misterioso de inminente peligro indefinible donde resollaba el sagrado terror de la locura. Huía yo entonces y esperaba horas, días o semanas hasta reunir suficiente valor para volver.

to things. On a first instant of liberation, the word "pelican" could turn against me like a furious viper, and the word "viper" could come to lick my temples like a summer breeze. But when it was in total freedom, the repeated utterance would break all the structures of my world, opening a mysterious realm of imminent unspeakable danger, where the holy terror of madness was lying in wait. At that moment, I would escape, and it would take me hours, days, even weeks to muster enough courage to return.

El juego de liberación de las palabras, en llegando al sagrado terror de la locura, me hacía huir despavorido hacia la región más transparente del habla, aquella donde se produce la comunicación con los demás sobre asuntos pequeños y prácticos de la vida diaria: ¿Quién cogió mis lápices de color? Yo no. Yo tampoco. Yo menos. Entonces, ¿se fueron corriendo? ¿Cuándo va a hacer la tarea? Es que se acabó el querosén.

En esa región, por lo general, las palabras se ligan a las cosas en servidumbre tan humilde y dócil que no ponen de manifiesto su propia realidad separada. En esa región, las conversaciones surgen por necesidad para coordinar la acción, trasmitir la voluntad, expresar el deseo; o se pueden suscitar para articular la compañía y el compartir. En esa región se encontraba un refugio seguro, reforzado por las circunstancias de la casa y la escuela y por el quehacer ritualizado de todos los días.

Pero el abuso y la pasión, o alguna debilidad congénita, nublaron y volvieron insegura la región más transparente. Antes de explicar cómo, debo hacer notar que ya el hecho de aprender a leer y escribir conspiraba contra la transparencia de la palabra. En primer lugar, aprender a deletrear, silabear y decorar, así como a dibujar las letras y luego a unirlas ponía el cuerpo de las palabras en el foco de la atención y reforzaba mi inclinación a considerarlas y sentirlas en sí mismas. En segundo lugar, la lectura y la escritura me introducían a una dimensión de la vida consciente que podía alejarse mucho de mi experiencia cotidiana, no sólo en el espacio y en el tiempo, sino también en el tipo y la calidad de los temas, hasta el punto de ponerme en contacto con situaciones, ideas y sentimientos inaccesibles para mi grado de desarrollo y madurez, de tal manera que el mundo verbal usurpaba por anticipado las vivencias futuras y las predeterminaba, convirtiendo su posterior aparición en lastimosos sustitutos, o bien me sumía en delicuescencias fonéticas de undívago proteico, confuso y hermoso contenido semántico.

The game of setting words free, when approaching the holy terror of madness, made me flee, terrified, to the transparent region of language, where communication with the others is established about small and practical everyday matters: "Who took my colour pencils?" "Not me." "Neither me." "Don't look at me." "Did they run away then?" "When are you going to do your homework?" "Sorry, the lamp oil ran out."

In this region, usually, words are attached to things in such a humble and docile bondage that they do not make evident their own separate reality. In this region, conversations arise from the need to co-ordinate actions, to convey the will, to express desire; or they can be prompted with a view to articulating friendship and shared company. In this region there was a refuge, reinforced by circumstances at home and school, and by the ritualized daily tasks.

But misuse or passion, or perhaps some congenital weakness, clouded and made unsafe this most transparent region. Before explaining how this took place, I must observe that the mere fact of learning to read and write was already conspiring against the transparency of the words. First of all, learning how to spell, to articulate and to enunciate, as well as to draw the letters and then to join them, all this brought the focus of my attention to the body of the words, and it strengthened my inclination to consider them and feel them in themselves. Second, reading and writing introduced me to a dimension of conscious life which could be far removed from my daily experience, not only in space and time, but also in the genre and quality of the themes, to the point of bringing me into contact with situations, ideas and feelings otherwise beyond reach for my degree of development and maturity. In this way, the world of language usurped in advance my future experiences, predetermining them, making of their eventual occurrences sad substitutes, or immersing me in phonetic deliquescences of undulating protean, confused and beautiful semantic import.

Todo esto, por sí solo, quizás no hubiera tenido graves consecuencias. Tal vez hubiera contribuido más bien a mi adaptación social en una cultura en la que la palabra escrita ocupa destacadísimo lugar y, en el peor de los casos, me hubiera condenado a ser hombre de letras; pero yo abusé apasionadamente del solitario juego y me envicié, con adicción morbosa, al sagrado terror de la locura.

El repetir palabras ponía en crisis mi mundo y eso, precisamente, ejercía sobre mí una atracción poderosa y malsana. No lo hacía a pesar de eso. Sino por eso. Antes del pánico, en los instantes previos y anunciadores, pude observar que no todas las palabras lo provocaban de igual modo. Dignidad estallaba en colores, Zagal florecía, Hispánico se quebraba en mil pedazos, Peñasco reventaba, Cáspita y Recórcholis se fundían, Burbuja apagaba las luces, mi propio nombre se convertía en un silencio negro y peludo.

Experimenté con sílabas y vocales sueltas, ora en notas muy altas, ora en notas muy bajas; aceleraban la llegada del momento supremo. Las primeras, con sabores y olores devastadores. Las segundas, con erizamiento del pelo, cambios de temperatura en el abdomen, zumbidos en los pies, sudoración en la nariz y los pómulos. No llegué a encontrar una conexión necesaria de las sílabas y letras con las sensaciones extremas, de manera que nunca pude predecir éstas acertadamente, como sí en el caso de ciertas palabras.

Conjeturé que el terror era un umbral, que si lograba acostumbrarme a él pasaría a otro mundo, o a otro modo de ser, que tal vez podría regresar sin perderme para siempre en la locura, que todo era cuestión de fuerza. Pero no fui prudente; fascinado, comencé a practicar el juego secreto aun cuando no estaba preparado, a mi propio entender, ni siquiera para huir con éxito en el instante crítico. Así, una tarde, después de haber pronunciado muchas veces, en susurro, una palabra que aún ahora no puedo recordar sin un escalofrío, al huir yo el terror me persiguió, como un enjambre de avispas, hasta la región más transparente. Quedé abrigado de alguna manera en la comunión fática, pero el refugio seguro se volvió precario: bastaba que yo dijera ciertas palabras, o que otra persona las usara, para

All of this, on its own, might not have had dire consequences. It might even have contributed instead to my social adaptation, in a culture in which the written word takes place of pride; or in the worst case it might have sentenced me to be a man of letters. But I passionately abused the lonesome game, and I became addicted, with morbid obsession, to the holy terror of madness.

Repeating words would bring my world to a crisis, and I found in this, precisely, a powerful and unhealthy attraction. I would not do it in spite of that. I would do it because of that. Before reaching the horror, during preliminary and foreboding instants, I was able to notice that not all words led to it in equal way: "Dignity" would break out in colours; "Lass" would burst in bloom; "Hispanic" would break into a thousand pieces; "Pebble" would explode; "Blimey" and "Yikes" would melt; "Bubble" would turn off the lights; my own name would become a black and hairy silence.

I made experiences with individual syllables and vowels, now at a very high pitch, now in very low notes; they accelerated the arrival of the supreme moment. The former, with shattering flavours and smells. The latter, with my hairs rising, my abdomen changing temperature, my feet abuzz, my nose and my cheeks sweating. I did not discover any direct connection between syllables and letters and those extreme sensations, and so I could never anticipate them accurately, in contrast to what happened with certain words.

I surmised that terror was a threshold, that if I got used to it, I would enter another world or another way of being, that I might be able to return without being lost forever in insanity, that it was all a matter of strength. But I was imprudent; I was bewitched, and I started practising the secret game while I was not even prepared, as I saw it, to flee the critical juncture successfully. Thus, one afternoon, having uttered many times, in a whisper, a word that even today I cannot remember without shivering, the terror chased me as I tried to make my escape, following me to the most transparent region in the shape of a swarm of wasps. I found refuge somehow in the phatic communion, but this trusted shelter became precarious: it would just take saying certain words, or someone else using them, to make

sentir la inminencia del terror. Éste se presentaba en forma mediata, resistible, pero frecuente y me imponía fatigantes esfuerzos defensivos. Alguien preguntaba: ¿Quién es aquél que se está montando en el almendro?, y yo sufría la compulsión de preguntar: ¿Quién es aquél que el paso lento mueve sobre el collado que a Junín domina? o: ¿Quién es aquél que se alza como una columna de humo en el desierto?, preguntas en las que aparecen las palabras Junín y columna ya usadas en el juego y capaces ahora de inducir por sí solas, espontáneamente, el estado de ánimo temido.

Una mañana nos interrogó la hermana mayor, sospechando un uso indebido de sus útiles por parte nuestra. ¿En dónde están mis aros de calar?, y yo oí dentro de mí: ¿En dónde está mi Alcázar guarnecido de luna, en dónde están mis altas corolas Camelias y en dónde está mi cofre donde sellé tu Ausencia?; el peligroso alcázar, las acechantes camelias y esa desvencijada ausencia me estremecieron y palidecí seguramente, signo de culpa. Inocente, fui declarado responsable de los aros de calar destruidos por quién sabe cuál de mis hermanos en un intento de convertirlos en circenses círculos de fuego para nuestro perro, demasiado grande ya y no entrenado en esos brillantes ejercicios.

Al derrotado rey persa, según el maestro, un esclavo tenía la obligación de decirle varias veces al día Déspota, acuérdate de los atenienses, frase que esconde sutilmente la palabra Délos tan propensa a soltarse, pero sonó la campana del recreo y me salvó.

Las circunstancias, pues, familiares y escolares, me auxiliaban, así como la capacidad de reprimir las voces interiores, pero la región más transparente ya no era segura; me veía forzado a mantener un cierto estado de alerta y a librar pequeños combates que me robaban la espontaneidad y podían criarme fama de bobo por el retardo en las respuestas.

Fue mi primera gran incomodidad (disease). Por una parte me gustaba ese súbito ablandamiento del mundo: la presencia amada de la palabra sola, su espontánea aparición en respuesta cariñosa a mis acercamientos anteriores. Pero, por otra parte, me sentía acosado: no escogía yo el momento de los encuentros íntimos; estos se producían

me feel the imminent terror. It would present itself in a mediated way; it was resistible, but all too frequent, and it forced me to be on an exhausting defensive attitude. Someone would ask: "Who is this climbing the almond tree?" and I felt compelled to ask: "Who is this that follows me in the silent dark?" or "Who is this ascending from the desert like columns of smoke?', for I had already used the words "silent" and "column" in the game, and they were now capable of inducing by themselves, spontaneously, the dreaded state of mind.

One morning, my elder sister was interrogating us, suspecting us of messing up her belongings: "Where are my embroidery hoops?', and I heard within myself, "Where is my own true lover gone, where are the lips Vermilion, the Shepherd's crook, the Purple shoon?'; the dangerous vermilion, the creeping shepherd, and that faint purple made me shiver, and I turned pale—a certain sign of guilt. Being innocent, I was declared guilty of perpetrating against the embroidery hoops, which one of my brothers had co-opted for a circle act with fire hoops involving our dog, who was too old anyway, and unacquainted with such dazzling feats.

One day in school the teacher was explaining: the defeated Persian king had a slave tasked with reminding him everyday, "My lord, remember the Athenians." Now, this sentence hides the word "ember', which was all too prone to breaking loose, and I was only saved at the last minute by the ringing bell.

And so it was that circumstances, both at home and school, used to come to my aid, and I had a certain capacity to rein in my inner voices, but the most transparent region was no longer safe; I was forced to live on a constant state of alert, and to engage in little fights which would rob me of any spontaneity and which might earn me a reputation for dumbness, since I was always taking so long to answer.

This was my first major unease (disease [1]). On the one hand, I enjoyed the sudden dilution of the world: the beloved presence of the word alone, its spontaneous advent in loving response to my previous approaches. But on the other hand I felt haunted: I was no longer choosing the time for the intimate encounters; they would

---

[1] In English in the original

sin darme tiempo para prepararme; tenía que rechazarlos porque me sentía incapaz de controlar el terror; la invitación que me hacían a pasar a un más allá inimaginable, incalculable, me espantaba sobremanera. No se me ocurrió pensar entonces que podía ser un más acá seguro sino un ámbito terrible del cual no volvería. Tampoco me pasó por la mente hablar del asunto con algún compañero o con algún adulto. Asumí el problema sin crítica, como cosa personal mía, y llegué así a buscar refugio, paradójicamente, en las cosas mismas, ese sórdido reino tan dependiente del verbo, tan insignificante en sí mismo, tan desolado.

instead take place without giving me time to prepare; I had to refuse them because I felt unable to control the terror; the invitation they extended to me, to go into an unimaginable and incalculable beyond, frightened me exceedingly. At the time, it did not occur to me that it might have been safer and closer to home, but instead a terrible realm from which I would never return. Neither did it occur to me to speak about the matter with a friend or with an adult. I took on the problem without any criticism, as something personal, and I ended up seeking refuge, paradoxically, in things themselves, in that sordid realm which was so dependent on the word, so insignificant in itself, so desolate.

Yo había despreciado las cosas. Su natural orfandad las hacía indignas de mi vista mientras no fueran adoptadas. Cuando alguna, desde su exterioridad anónima, lograba llamarme la atención, entonces tenía que bautizarla u olvidarla. Como casi todas habían sido nombradas, ir hacia las cosas significaba, en realidad, recorrer los caminos ya trillados por la palabra, pasearme por el reino del verbo. No tenía más que preguntar a los adultos o buscar en libros de escuela y enciclopedias para encontrar el vocablo que las había domesticado e incorporado a una familia. Además, muchas habían sido generadas a partir de cautivas y habían nacido ya en el seno del lenguaje: útiles, enseres, instrumentos, artificios, artefactos, artilugios.

Pero ahora no se trataba de ir hacia las cosas en ese sentido. Se trataba de huir hacia las cosas mismas. Huir de la palabra.

No parecía empresa fácil. Según podía colegirse de la conducta propia, de lo observado en los demás y de lo leído en libros, toda exploración de lo desconocido era, en gran parte e indispensablemente, verbal. Los actos en general y los actos de búsqueda en particular estaban iluminados por la palabra. Cuando se encontraba algo nuevo el discurso lo probaba, lo rodeaba, lo sitiaba, lo asediaba, lo penetraba, lo expugnaba, lo tomaba hasta apropiárselo.

No era empresa fácil; mucho menos para mí que amaba las palabras y recurría a este intento de fuga azorado por una vehemencia en ellas superior a mi comprensión y a mi valor. Sin embargo, entre los juegos infantiles, había algunos que apuntaban hacia las cosas mismas. Si los extremaba, alcanzaría tal vez el exilio provisional que tanto me interesaba ahora como refugio esporádico voluntario. Otras experiencias de esa edad ingenua apuntaban también en la misma dirección, ¿podría empujarlas hasta sus últimos límites para evadirme cuando el acoso de una palabra se volviera irrechazable o para descansar periódicamente de esa ambigua guerra?

Además de los juegos en los que predomina abiertamente la palabra, mis favoritos, había otros que desplazaban la atención

I had despised things. Their natural orphanhood made them unworthy of my vision for as long as they were not adopted. When one of them managed to draw my attention from its anonymous periphery, then I had to either baptise it or forget it. But since most of them had already been named, going towards things really meant going along paths long trodden by the word, strolling around the kingdom of words. I needed only ask from adults or look up in school books or encyclopaedias to find the term which had already tamed them and brought them into a family. Besides, there were many of them which had been generated from captives and had been born within the bosom of language, such as utensils, fittings, tools, devices, contrivances, gadgets.

But this time it was not about going towards things in this sense. It was about fleeing towards things themselves. To flee from the word.

It did not look like an easy undertaking. Based on what I had gathered from my own actions, from the observation of others, and from my readings, every exploration of the unknown was in great measure and unavoidably verbal. Actions in general, and seeking actions in particular, were illuminated by words. Every time that something new was found, language would probe it, surround it, corner it, besiege it, penetrate it, take it by storm, seize it until it was taken and appropriated.

It was not an easy undertaking; much less so for me, who loved words, and who was recurring to this escape attempt in my perplexity at their vehemence, which was above my understanding and my courage. There were some children's games, however, which were directed to things themselves. Perhaps if I took them to their extreme, I might attain the temporary exile I was eagerly seeking, as an occasional and voluntary refuge. Other experiences of that innocent age pointed in the same direction. Would I be able to push them to their limits in order to escape when a word came pressing upon me unavoidable, or to find periodical respite from the ambiguous war?

Aside from clearly word-centred games, which were my favourite,

hacia cosas. El trompo, el papagayo, las metras, el gurrufío, la pata de gallina, el bolo, se basan en destrezas manuales y habilidades dinámicas en general para manipular los juguetes de manera que la consciencia se absorbe en estos. Pero después de todo se quedan en el ámbito verbal. Su aprendizaje, su coordinación y su decurso ocurren bajo la égida del lenguaje, en cuyo seno nacieron como objetos artificiales, acompañados de términos técnicos todo el tiempo. En algo me ayudaban de todas maneras.

Había juegos empero más cercanos al borde del lenguaje. La gallina la jabada puso un huevo en la cañada, puso uno, puso dos, puso tres, puso cuatro, puso cinco, puso seis, puso siete, puso ocho, guárdame mi bizcocho para mañana a las ocho y merolico santolico quién te dio tan largo pico, pa' que fueras a picar los pasteles del obispo contrarrestaban esas para mí peligrosas estructuras verbales con tremendos pellizcos que las volvían inofensivas.

El cigarrón-ron-ron sólo tenía esa palabra, dicha entera apenas una vez y reducida después a la repetición de la última sílaba, mientras el índice extendido describía espirales en el aire para picar de manera súbita, impredecible hacia el entrecejo de algún niño y poner en juego sus reflejos.

El burrito y aquí-hay-carne-no-hay acompañaban débilmente el acercamiento horripilante de los dedos a la axila, centro de ingobernable pataleo, aunque se intentara hasta lo último y más allá esconder las cosquillas.

La tilla, ese pedazo de la palabra costilla, único vestigio verbal del juego, se olvidaba cuando los flancos del pecho se sentían tecleados por virtuosa digitación.

Después de los desafíos y las mentadas de madre, la lucha a puñetazos garantizaba un estado de ánimo poco verbal.

Entre montes-y-remontes-de-todas-las-traiciones se hacía atravesando a la carrera y sin camisa un patio enmontado donde abundaban las plantas espinosas y urticantes.

there were others which transferred attention to things. Spinning top, kite, marbles, buzzers, cat's cradle, bowls, they are all based on dexterity and on general dynamic skills to operate toys in such a way that consciousness is temporarily absorbed by them. And yet, they remain within the verbal realm: their acquisition, coordination and practice take place under the aegis of language, from whose bosom they were born as artificial objects, invariably accompanied by technical terms. They were of some help to me, anyway.

There were other games closer to the borderlines of language, though. "One, two, Buckle my shoe; Three, four, Knock at the door; Five, six, Pick up sticks; Seven, eight, Lay them straight; Nine, ten, A big fat hen; Eleven, twelve, Dig and delve; Thirteen, fourteen, Maids a-courting; Fifteen, sixteen, Maids in the kitchen; Seventeen, eighteen, Maids in waiting

Nineteen, twenty, My plate's empty" would neutralize for me the otherwise dangerous verbal structures, especially as they came along with ferocious pinches which made them harmless.

'The bumblebee-bee-bee-bee'—it was just one word, said complete only once and then reduced to the repetition of its last syllable, but accompanied by the extended forefinger drawing circles in the air, round and round, to suddenly sting a classmate's forehead, putting his reflexes to the test.

'Round and round the garden…', and "Round and round the mulberry bush…" were a trifle compared to the horrifying advance of the fingers towards the armpit, central trigger point of uncontrolled kicking, no matter how much you tried with all your might and more to hide your giggling.

"The Caribs!" were forgotten and no longer frightful when, after the initial alarm, playful hands attacked the "ribs" to tickle them with virtuoso piano skills.

Following the provocations and the swearing at each other, fist fighting always brought a state of mind which had little to do with words.

Through-the-hills-and-hills-of-all-treacherous-hills involved run-

En que-crezca-el-montón, después de la invitación inicial, sólo había gritos inarticulados de niños que se lanzaban unos sobre otros hasta que los últimos tenían que trepar.

Cuquiar-avisperos-y-perros-bravos para salir corriendo a zambullirse en el río, podía jugarse sin hablar.

No estaba yo, pues, desasistido en mi intento de abandonar el lenguaje. Pero todos esos juegos se practicaban entre varios y en ciertas ocasiones, de modo que sólo podían auxiliarme por coincidencia, no cada vez que los necesitaba; además los pervertía al usarlos para huir, ya que eran un fin, un llegadero deseado y bienvenido siempre. Me dieron sin embargo una clave: en los más cercanos al borde del lenguaje, la cosa que imponía su presencia por encima de las palabras era el cuerpo propio.

Amenazado, cosquilleado, puesto en peligro, oprimido, golpeado, herido, el cuerpo propio, con sus actos defensivos, su risa, su enardecimiento, su dolor, sustituía totalmente el lenguaje o lo reducía a gritos entrecortados de carácter exclamativo cuando más. Y el cuerpo propio siempre estaba a la mano.

Alguien me había enseñado a pasar la punta de la lengua en el paladar haciendo círculos y a quebrar las articulaciones de la mano.

Morderse el labio y comerse las uñas no exigía mucha inventiva. Halar el pelo de la sien ya se practicaba en el juego de ver-a-Dios y de ver-al-Diablo. Pellizcar el muslo en su parte exterior cerca de la rodilla, meterse una pluma de gallina en la nariz, sacar el ratón, arrancarse costras de ronchas en proceso de cicatrización, dejarse picar de los bachacos, eran prácticas corrientes que yo podía hacer solo casi en cualquier momento. Ni aun en soledad, abandonado a mis propios recursos, estaba inerme.

Una vez, en clase, mientras el maestro hablaba, una de las palabras, Persépolis, se liberó de su significación y resonó en mí bella y poderosa, como una campana. Deleitado por su presencia, no advertí el peligro hasta el umbral aciago. Con brusco movimiento involuntario de pánico empujé el tintero que se quebró ruidosamente

ning shirtless through a wild meadow full of thorny and prickly plants.

When playing let-the-pile-grow, the initial call was followed only by indistinct shouts of children jumping on top of each other, until the last ones were left to scramble to the top.

Teasing-beehives-and-angry-dogs, ending with us running away for dear life and plunging into the river, could just as well be played without any words.

And so, I was not unaided in my effort to forgo language. But all these games were played in group and only at certain times, and therefore they could only help me occasionally, not every time I needed them. Besides, I was perverting them by using them to flee, making of them an end, an always desired and always welcome culmination. And yet they did give me a key: among those which were closer to language, what imposed its presence above words was always the body itself.

Threatened, tickled, endangered, oppressed, beaten, wounded, the body itself with its defensive acts, with its laughter, its ardour, its pain, would take the place of language entirely, or would reduce it to spasmodic cries which were exclamative at best. And the body itself was always within reach.

Someone had taught me to run my tongue in circles over my palate, and to crack the joints of my fingers.

Biting your lips or your fingernails did not require much creativity. Pulling your temple hairs was already part of playing See-God-And-The-Devil. To pinch the external side of the thigh near the knee, to stick a feather in the nose, to be given a dead arm, to tear off the scabs from barely healed wounds, to let ants bite you, these were all common practices in which I could engage alone almost at any time. So not even when alone, when left to my own devices, was I totally helpless.

Once, in class, while the master spoke, one of the words broke free from its meaning and resonated in me, beautiful and powerful like a bell's peal, "Persepolis". Delighted by its presence, I failed to perceive the danger until I was on the fatal threshold. With a sudden

y salpicó de negro las medias blancas de dos compañeros, además de manchar el piso y violar el sacrosanto precepto de respetar los útiles escolares. A pesar de todo eso, la bella palabra no detuvo su resonancia, pero el maestro, sin saberlo, vino en mi auxilio con la palmeta nueva y me devolvió la paz en el rubor ardiente de las manos.

Me convertí en un alumno indisciplinado al que había que castigar con frecuencia y mis notas de conducta bajaron en picada con las inevitables convocatorias a mi padre o representante.

Me volví huraño, hosco, esquivo y reticente. La piel constelada de peladuras, morados, rasguños, los bolsillos llenos de picapica y ají, los labios rotos, me escondía entre el follaje de los árboles y en los armarios.

Había comenzado a gustarme —debo confesarlo— el peligro de esas palabras liberadas; me envalentonaba y ensoberbecía seguramente el estar asistido por el recurso de huir hacia mi propio cuerpo, esa cosa salvadora, sobre todo por medio del dolor.

jolt, in panic, I knocked down the inkwell, which crashed to pieces, spattering black the white socks of two classmates, staining the floor, and violating the sacred precept of respecting the school supplies. In spite of all this, the beautiful word did not stop resonating, but the master came to my aid unknowingly with his new cane, and restored my peace through the burning red of my hands.

I became an unruly pupil who had to be punished frequently, my behaviour marks fell dramatically, and along came the unavoidable appointments with my father or my guardian.

I became distant, sullen, evasive and reserved. My skin covered in scrapes, bruises and scratches, my pockets full of nettles and hot chillies, my lips chapped, I would hide in the foliage of the trees and in cupboards.

I had started to like—I must confess it—the danger of those words set free; I was made daring and proud, I believe, by counting on the recourse of my body, that saving thing, and especially through pain.

Pero el dolor y las otras conmociones violentas del cuerpo no me atraían ni me agradaban y en su forma aguda me eran abominables. Las usaba como remedio heroico contra el sagrado terror de la locura. Propiciaron, sin embargo, la exploración de las relaciones con el cuerpo y el surgimiento de un juego imprudente, inédito hasta entonces.

Descubrí el mareo en el juego de dar vueltas velozmente en torno a un árbol tocándolo con una mano. Llegaba un momento en que no podía mantener la trayectoria circular y salía por la tangente dando tumbos hasta caer; entonces todo el mundo daba vueltas a mi alrededor y se me revolvía el estómago.

Desde el campanario de la iglesia, saqué medio cuerpo por la ventana para mirar hacia abajo y conocí el vértigo, pariente del mareo.

Observé con mucho interés a un visitante que comía chimó. Cuando se fue olvidó sobre la mesa la cajeta de negro magma; yo la hurté con sigilo, la abrí y cogí yo también una pella, me la puse detrás de los dientes de abajo, como él, pero no sabía qué hacer luego. Cuando se derritió y difundió en la afluyente saliva su sabor de mil demonios, vencí valientemente la compulsión de escupir y me la tragué. Aprendí la embriaguez atroz, pariente mayor del mareo y del vértigo. Aprendí la náusea.

Estos malestares comprometían el cuerpo todo. Lo hacían presente, imponían su presencia omnímoda sin dejar lugar para más nada. Todo el espacio se llenaba de su compleja arquitectura patente en sensaciones y emociones diversas que nadaban zozobrando en un medio acuoso dislocado, inestable, desequilibrado, como si fallaran apoyos de ordinario inadvertidos, como si se desataran coherencias cuya continua presencia ordenadora las hacía parecer inexistentes mientras no faltaran.

Eran malestares insoportables, pero no terrores y proscribían las palabras. Si algunas quedaban eran mariposas heridas aleteando en agonía, o pájaros derribados por certero tiro de fonda.

But pain and the other violent bodily commotions did not attract me or please me, and they were abhorrent in their extreme forms. I only used them as heroic remedies against the holy terror of madness. They did, nonetheless, lead me to explore my relations with the body, and they furthered the emergence of a reckless game, unheard of until then.

I discovered dizziness in the game of running in circles around a tree while keeping one hand against its trunk. I came to a point when I could no longer stay in circles and I shot away along a tangent, tumbling headlong on to the ground; the whole world revolved around me as my stomach turned.

High on the church bell tower I reached out from the widow with my whole torso to have a peek, and I became acquainted with vertigo, a close relative of dizziness.

I watched carefully a visitor who was chewing tobacco. When he left, he forgot on the table his little box containing the black chimó paste; I picked it up stealthily, opened it and took a pinch which I then put behind my lower teeth, as he had done, but I did not know what to do afterwards. When it started melting and when the hellish flavour dissolved in my abundant saliva, I courageously resisted the urge to spit, and swallowed it instead. And so I learnt the atrocious intoxication, a major relative of dizziness and vertigo. I learnt nausea.

These afflictions involved the entire body. They made it present, they imposed its all-embracing presence without leaving place for anything else. Space filled with its complex architecture, manifest in sundry feelings and emotions which swam foundering in a watery disjointed medium, unstable, unbalanced, as if some usually unnoticed bearings were now suddenly amiss, as if some coherences, which were always in the background, invisible and bringing order, had been unchained.

These ailments were unbearable, but they were not terrors, and they precluded words. If any of them were left, they were like

Además, yo podía inducirlos adrede, esos malestares.

Se me ocurrió que ya me era posible no sólo defenderme con éxito de las palabras espontáneamente liberadas, para lo cual me bastaban los recursos anteriormente descritos, sino también desafiar el sagrado terror de la locura buscando, como al principio, su umbral y hasta adentrarme poco a poco en él, a condición de situarme al borde mismo de los malestares insoportables. Se me ocurrió ceder al encanto de las palabras amadas, buscarlas, aceptar su llamado y salvarme in extremis mediante la invocación de mi propio cuerpo en su totalidad plena y zozobrante. La peligrosa exploración bien valdría los malestares.

Los procedimientos fueron fáciles de inventar: comenzaba a dar vueltas en torno al árbol a velocidad media mientras pronunciaba una palabra. Cuando se abría el umbral y comenzaba el sismo cósmico, yo aceleraba más y más hasta desprenderme del tronco y rodar por el suelo, invadido por mi corporeidad plena e inestable, sin orientación, vacío de sentido, de sinsentido y de palabras.

O me acostaba sobre el techo del alto, en el vértice de las aguas, mirando hacia abajo por la culata. Ante el vértigo, cerraba los ojos y procedía a mi exploración. Los abría para invocar el vértigo; los cerraba para invocar el terror. Del cuerpo al umbral; del umbral al cuerpo. En cierta ocasión dominó el umbral al vértigo o se alió con él —no sabría decirlo—; rodé por el techo, no hubo caída, que hubiera sido mortal, pero quedé colgado por las manos del extremo de la canal pataleando y gritando hasta que logré agarrarme del bajante y deslizarme hacia abajo con brazos y piernas mientras él se doblaba chirriando amenazador. Raspones, magulladuras, rasguños, los dedos en carne viva, susto superado, llegué al patio victorioso y feliz para recibir una tunda bienhechora. Desde entonces preferí el campanario donde era más fácil tomar precauciones, aunque le cogí una cierta desconfianza al vértigo, dudando un poco de su lealtad.

O bien me encerraba en el gran escritorio de la biblioteca, en el mueble de escribir. La gran tapa inclinada, con su pestaña para

wounded butterflies flapping their wings in agony, or birds brought down by the shot of a well aimed catapult.

Besides, I was unable to conjure these ailments at will.

It occurred to me that now I would be able to not only ward off successfully the spontaneously unleashed words, for which I had enough with the resources mentioned earlier, but that I could even defy the holy terror of madness, seeking its threshold as I had done at the beginning, and to gradually venture into it, on condition of remaining on the very edge of the unbearable afflictions. It occurred to me that I would yield to the charm of beloved words, to go after them, to accept their call, and then to be saved *in extremis* through the appeal to my own body in its profuse and floundering wholeness. This dangerous exploration would certainly be well worth the pains.

The methods were easy to invent: I started going round a tree at a regular speed while I uttered a word. When the threshold opened and the cosmic turbulence began, I went faster and faster until I broke off and rolled on the ground, filled by my total and shaking corporeity, disoriented, empty of meaning, of meaninglessness, and of words.

Or I would lie on the ridge of the roof, by the edge of the slopes, looking down from the corner of my eye. When vertigo came, I closed my eyes and proceeded with my exploration. I opened them to invoke vertigo; I closed them to invoke terror. From my body to the threshold; from the threshold to my body. On one occasion the threshold prevailed over vertigo, or they joined forces—I could not tell—and I rolled down the roof. There was no fall, which would have been deadly, but I was left hanging from the gutter, clutching with my hands, kicking and shouting, until I managed to take hold of a pipe and to scramble down while it creaked ominously. Scrapes, bruises, scratches, fingers in the flesh, I got to the yard having overcome the fright, victorious and happy, to receive a beneficial thrashing. From then on I gave preference to the bell tower, where it was easier to take precautions, although I developed some mistrust of vertigo, doubting somehow its dependability.

Or else, I would hide in the big writing room in the library, inside

impedir la caída de papeles, lápices y plumas se levantaba para dar acceso a su interior obscuro y fresco. Ahí me metía yo agachadito y cerraba desde adentro. Me acostaba entre manuscritos, resmas de papel bond, secantes, reglas, frascos de tinta, sellos con su almohadilla, fajos de cartas, borradores de goma, un puñal, un revólver cargado. Me sosegaba con el olor a cedro, a caucho y barniz, con los roces metálicos, las rendijas de luz, las voces domésticas lejanas, el color ámbar sombrío del silencio. En la mano la cajeta de chimó, una pella en el dedo, musitaba la palabra escogida para la libertad. Cuando se le aflojaban los nudos de significado y se agitaba ya para el vuelo independiente, yo me ponía la pella detrás de un colmillo. Con el atrevimiento cobarde de quien tiene asegurada la fuga, me adelantaba para enfrentar la experiencia deseada y temida. En ocasiones casi perdía el conocimiento; una vez me sacaron de esa guarida todo mocoso y lagrimoso, pegajoso de vómito y me decomisaron la cajeta.

Este nuevo juego me devolvió la confianza en mí mismo y aumentó mi amor propio. Si antes había inventado maneras de repeler los asedios inesperados, ahora estaba en condiciones de latirle al terror en su propia cueva sin que pudiera perseguirme hasta la región más transparente, porque yo no huía hacia ella sino hacia mi cuerpo en su malestar extraverbal, desde donde podía retornar a aquella con relativa seguridad.

Pero no quedé satisfecho. En realidad no había progresado mucho. Estaba casi como al principio, sin contar los nuevos inconvenientes y sus consecuencias.

Por una parte, no había llegado más lejos que la primera vez; la misma infranqueable frontera me rechazaba desde mi propio interior; rebotaba yo en ella como una pelota. Sobre el sagrado terror de la locura no sabía más de lo que aprendí el primer día.

Por otra parte, me cercaban los problemas en la casa y en la escuela. Ya me recriminaban y me castigaban con dureza por mi conducta, vista desde afuera, a lo cual no terminaba de acostumbrarme aunque me beneficiaba parcialmente. Ya me interrogaban con insistencia cariñosa, a lo cual yo no respondía nada o respondía con mentiras y

the writing cabinet. Its big slant top ended on a raised edge to stop sheets, pencils and pens falling down. Once lifted, it gave me access to its dark and cool inside. I curled in there and closed it from within. I lied among manuscripts, bond paper reams, ink dryers, rulers, ink bottles, rubber stamps and ink pads, letter bundles, erasers, a dagger, a loaded gun. I was soothed by the smell of cedar, rubber, and varnish, by the metallic contact, the filtering light, the far-off familiar voices, by the dusky amber colour of silence. In my hand, the box of *chimó*. I put a pellet on my fingertip; I let out in a whisper the word destined to freedom. When the knots of its meaning were loosening and it started fluttering, ready to fly alone, I put the pellet behind my teeth. With the cowardly daring of the one who has secured an escape route, I would even hasten to face the dreaded and desired experience. On some occasions I almost fainted; once they took me out from my lair all covered in snot and tears, sticky with vomit; and they seized my tobacco box.

This new game brought back my self-esteem and gave me some self-assurance. If I had before found ways of fighting off unexpected attacks, now I was empowered to go hound terror even in its own lair, without fearing being chased into the most transparent region, for it was not towards it that I was fleeing, but towards my own body, towards its extra-verbal malaise, from where I could then return to transparency in relative safety.

But I was not satisfied. In fact, I had made but little progress. I was almost as I was at the beginning, except for the additional inconveniences and their consequences.

On the one hand, I had not reached further than I did the first time; the same insurmountable boundary repelled me from within myself; I bounced off it like a ball. I did not know any more about the holy terror of madness than what I had learnt on the first day.

On the other hand, problems were cropping up around me at home and school. I was being accused and hardly punished for my bad behaviour—what could be seen from the outside—something I could not quite get used to, even in spite of the partial advantages I derived from it. They would now question me, insistently and

falsas promesas de enmienda. Ya se quejaban amargamente por mi culpa y expresaban temores angustiosos sobre mi futuro.

Además, me molestaba, ¿por qué no admitirlo?, la desaprobación de mis mayores en edad, saber y gobierno. Yo había merecido y disfrutado su elogio, ahora sufría su reproche.

Bien es cierto que algunos compañeros míos se portaban de manera parecida, no sé si por iguales razones. Cosa curiosa, nunca recurrí a la comunicación sobre este punto.

Me puse a pensar entonces que mi falta había estado en no cumplir mi propósito cuando la situación se agravó y volvió insegura la región más transparente. Yo me había propuesto entonces huir hacia las cosas mismas, salir del lenguaje, poder abandonarlo cuando fuera necesario para escapar o descansar de la amorosa lucha. En lugar de eso, yo había huido hacia mi propio cuerpo, esa cosa salvadora; pero ¿era el cuerpo mío realmente una cosa? ¿Sólo una cosa, una cosa misma?

Recuerdo mi imagen en el espejo grande del dormitorio de mis padres. Me recuerdo flaco, desgarbado, con una expresión de rebeldía y pugnacidad teñida de tristeza. Mientras escribo pienso que era el fin de la infancia.

lovingly—to which I would respond with silence or with lies and false promises of amends; or they would complain bitterly on my account, voicing grievous fears about my future.

I was annoyed—why shouldn't I admit it?—by the disapproval of those who were my senior in age, wisdom and authority. I had been worthy of their praise, and I had enjoyed it, and now I was suffering their reproach.

It is true, though, that some of my classmates behaved in similar ways, and I don't know if owing to the same reasons. It is curious that I never sought to communicate about these matters.

I started thinking that my error had been in not accomplishing my own purpose. When the situation became riskier and when the most transparent region became unsafe, I had decided to flee towards things themselves, to exit from language, to become able to leave it whenever it became necessary, in order to flee or take a break from the loving struggle. But instead, I had fled towards my own body, that saving thing. Now, was my body really a thing? just a thing, a thing in itself?

I remember my image on the big mirror of my parents' bedroom. I remember myself skinny, awkward, with an expression of defiance and feistiness tinged with sadness. As I write now, I believe it was the end of childhood.

Mi cuerpo era yo, yo era mi cuerpo. Si mi cuerpo era cosa, yo era cosa. Pero si yo iba hacia mi cuerpo o lo invocaba por medio del dolor o el malestar inducido, alguna diferencia había entre mi cuerpo y yo, pues esas operaciones no serían necesarias ni posibles en la identidad. Yo estaba siempre poniendo cuidado a algo, a las clases, a las tareas, a los juegos, a los cuentos del otro, a las empanadas de topocho en la alacena; o nadaba en ensoñaciones; todo eso con palabras serviles en la región más transparente del habla donde también era transparente y servil mi cuerpo. A éste le ponía cuidado y no mucho, sólo cuando me bañaba, me peinaba y me vestía o cuando me cortaban las uñas. Éste, por su parte, me llamaba a sí sólo cuando se hería o se golpeaba o estaba enfermo, me llamaba por medio del dolor y el malestar. Yo había aprendido hacer que me llamara poderosamente para hundirme en él, identificarme con él y huir así de las palabras.

Si bien me diferenciaba de mi propio cuerpo, comprendía que, en caso de ser cosa, era una cosa muy singular, muy cercana a mí, siempre ahí, indesligable tal vez, y en su más intensa presencia ajeno a las palabras. Yo podía liberarlo adrede de su transparente servidumbre y volverlo opaco, tal como había hecho con las palabras, pero mientras éstas mantenían su diferencia conmigo y la acentuaban, aquél me absorbía completamente como si me reintegrara a su ser, como si yo fuera algo muy suyo, algo en él, ilusoriamente separado.

Sus conmociones violentas me salvaban, pero me turbaban, conturbaban mi vida familiar y perturbaban mis estudios. ¿Qué tal si, como había sido mi propósito inicial, yo fuera hacia las cosas mismas, hacia las otras, que por no estar ligadas a mí de manera tan íntima podrían tal vez acogerme esporádicamente en su orfandad sin disturbarme? Me consagré a este propósito.

Relación con las cosas tenía yo todo el tiempo, relación con frecuencia cariñosa debido sobre todo a los nombres. Eran cosas domesticadas por la palabra y fuera de ésta —creía yo— sólo podían llevar una existencia mezquina y huérfana, cercana a la

My body was me; I was my body. If my body was a thing, I was a thing. Now, if I fled towards my body, or if I invoked it through pain or induced ailments, then there must be some difference between my body and me, since these operations would be neither necessary nor possible in the case of identity. I was always paying attention to something: to my lessons, to homework, to games, to someone else's stories, to the banana pasties in the cupboard; or I would be lost in daydreams; all that with servile words in the most transparent region of language, where my body, too, was transparent and servile. I paid attention to it, though not much, when I bathed, I combed my hair and dressed, or when they cut my nails. The body itself, on its part, would only summon me when it was wounded or hurt, or when it was ill, reaching to me through pain and malaise. I had learnt how to make it call upon me powerfully, to plunge in it, to identify with it and thus to escape from words.

However different I were from my body, I did understand that even if it were a thing, it was a very particular thing, very close to me, always there, perhaps inseparable, and alien to words in its most intense presence. I could deliberately free it from its transparent servitude, and make it opaque, as I had done with words; but while they retained and amplified their otherness, the body absorbed me entirely, as if reintegrating me to its substance, as if I were something very much its own, something from within itself, only illusorily separated.

Its violent commotions saved me, but they disturbed me, they perturbed my family life and my studies. What if, according to my initial purpose, I went towards things themselves, to those other things which were not so intimately related to me, and therefore might shelter me occasionally in their orphanhood, without conturbation? I consecrated myself to this purpose.

I had a permanent relation with things, a relation of frequent endearment, mostly due to the names. They were entities tamed by words, and they could not—I believed—have more than a

nada. Ahora, paradójicamente, se me ocurrió que podía haber cosas no verbalizadas y renuentes a la palabra. Más pensé que tal vez las cosas ya atrapadas en la red del lenguaje conservaban un lado salvaje, rebelde. ¿Habría también cosas cimarronas, resabiadas por una cautividad pretérita, merodeando por ahí y resistiendo mañosamente bautismo y clasificación? Extremando, ¿podía ser que la red sutil del lenguaje no hubiera atrapado en realidad a ninguna, sino constituido un tejido ilusorio que parecía contenerlas al reflejarlas especularmente?

No me pareció que yo percibiera y manipulara objetos puramente verbales, pero sí me pareció que el aspecto y orden de las cosas muy bien pudiera provenir en gran parte del lenguaje, quedando su verdadero ser enmascarado y por lo tanto salvaje. Su verdadero ser, ¿tendrían un ser propio no conquistado por el lenguaje?

Decidí pasar a la acción. Había liberado palabras de su amarre a las cosas. Intentaría ahora liberar cosas de su ligazón a las palabras. Trataría de romper la barrera verbal y pasar al reino de las cosas mismas.

Relación cariñosa tenía yo con una magnolia plantada en el medio del huerto. Amaba el verde casi noche y siempre fresco de sus hojas lustrosas. Amaba ésas sus flores grandes como palomas que tenían la blancura y la majestad del sol naciente pero no encandilaban, y la suave ternura sin rechazo del brazo de la madre.

Amaba las bifurcaciones de su cuerpo y las ásperas curvas de su corteza recorrida por hormigas. Hubiera querido para mí una casa con forma de magnolia donde fuera posible perderse y reencontrarse muchas veces sin llegar jamás a conocerla del todo, como ocurría sin duda a las hormigas.

Me abracé a su tronco como en otras ocasiones, pero esta vez para liberarla y liberarme de las palabras. Con los ojos cerrados le fui arrancando nombres: magnolia, árbol, hoja, ramas, raíz, corteza, flor... arranqué alta, frondosa, sombría, acogedora, fuerte, bella, querida... arranqué en el medio del huerto, en el patio de la casa, sobre el suelo, bajo el altísimo cielo. Quedamos solos ella y yo,

petty and orphan existence outside words, verging on nothingness. Now, paradoxically, it had occurred to me that there might be non-verbalized things, things averse to words, even. I had thought that those already trapped in the web of language retained a wild, rebellious aspect. Could it be that there were also feral things, wary because of some earlier captivity, prowling around and resisting, wily, against baptism and classification? Going even further, could it be that the subtle web of language had not really trapped any of them, but only structured an illusory net which seemed to contain them while only reflecting them, mirroring them?

It did not seem to me that I perceived and dealt with purely verbal objects, but I did have the impression that the aspect and order of things might well derive, in great part, from language, while their true being remained masked, hence untamed. Their true being—did they have a self of their own, unconquered by language?

I decided to move into action. I had freed words from their bond to things. I would now try to free things from their attachment to words. I would try to break the language barrier and to enter the realm of things themselves.

I had a loving relation with a magnolia planted in the middle of the orchard. I loved the almost night and ever cool green of its shiny leaves. I loved those flowers, flowers big like doves, with the whiteness and majesty of the rising sun but without its blinding glare, flowers tender and mellow without rejection, like my mother's arm.

I loved the branching of its body and the rough bends of its ant-trodden bark. I would have wished for myself a house in the shape of a magnolia, where you could get lost and find your way again many times, without ever knowing the whole, as it must have happened to the ants.

I hugged its trunk as I had done before, but this time to free it and to free myself from words. With my eyes closed, I started to tear off its names: "magnolia, tree, leaf, branches, root, bark, flower"… I tore off "tall, lush, shady, welcoming, strong, beautiful, dear"… I tore off "in the middle of the orchard, in the yard, above ground, under heaven most high." Then we were alone, she and I, my heart

mi corazón cerca de su savia. Quité corazón y savia. Quité ella y yo. Entonces una corriente extraña me arrastró hacia no sé dónde mientras me iba perdiendo y olvidando. Quité corriente extraña, quité arrastrar, perderse, olvidar, saber, quité dónde.

De repente me encontré gritando lejos de la magnolia, tembloroso, palpitante, convulso como un colibrí atrapado. Había tropezado con una cerca de alambre de púas. La frente me sangraba.

Fue así como conocí el sagrado terror de la muerte. Terror de la desaparición, de la inconsciencia definitiva, de no ser nadie más nunca para siempre jamás. Evidentemente mi propio cuerpo me había rescatado por espontánea iniciativa.

Mientras me atendían cariñosamente y me cuidaban curándome, me interrogaban. Dudé entre decir que había visto un espanto y explicar que me había caído de un árbol. Lo primero hubiera prolongado el interrogatorio. Lo segundo hubiera resultado increíble dada mi reconocida y admirada excelencia como trepador. Dije de pronto sin pensarlo: Vi una culebra en la magnolia y me asusté. La estuvieron buscando en vano toda la tarde.

El resto del día estuve tranquilo y contento. Tenía la sensación de haber descubierto algo inmenso y maravilloso, a pesar del sagrado terror de la muerte (no sé de dónde saqué ese nombre ni el del otro). ¿O era que me había gustado? El único refugio seguro —comencé a pensar resignado— estaba en las conmociones violentas y en los grandes malestares de mi cuerpo; pero tenía la vaga impresión de no haber comprendido algo en la experiencia, algo muy importante. El resto del día ninguna palabra se liberó, ni yo me sentí inclinado a intentar nada nuevo. Cuando me estaba quedando dormido comprendí: terror aparte, la experiencia me era de alguna manera familiar. En efecto, cuando me dormía las palabras perdían fuerzas, decaían, flotaban, me arrullaban, se iban y yo me hundía en el sueño. A veces tenía sueños y pesadillas con palabras; pero también dormía muchas veces sin sueños, desaparecía hasta que me despertaban o despertaba yo solo. Durante el sueño mi cuerpo no debía diferenciarse mucho de las cosas mismas. Yo lo que había hecho era dormirme voluntariamente pasando así la barrera de las

close to its sap. I removed "heart" and "sap". I removed "she" and "I". Then, a strange current swayed me I don't know where, as I lost myself in oblivion. I removed "strange current", I removed "swaying, knowing, losing myself, oblivion", I removed "where".

Suddenly, I found myself yelling, far from the magnolia, shuddering, throbbing like a trapped hummingbird. I had crashed against a wire fence. My forehead was bleeding.

This is how I became acquainted with the holy terror of death. Terror of disappearance, of final unconsciousness, of not being anyone at all for ever more. It was evident that my own body had rescued me on a spontaneous initiative.

While they nursed me lovingly, healing my wounds, they asked questions of me. I hesitated whether to say that I had seen a ghost or I had fallen from a tree. The first would have prolonged the questioning. The second would have been incredible, given my well known and admired proficiency as a tree climber. I burst out without thinking: I saw a snake on the magnolia and got scared. They searched for it in vain the entire afternoon.

The rest of the day I was calm and happy. I felt I had discovered something immense and marvellous, in spite of the holy terror of death (I don't know how I came up with this name or the other one). Or perhaps I had enjoyed it? The only safe shelter, I started thinking with resignation, was in the violent commotions and the major bodily ailments; but I had the vague impression I had failed to understand something in the experience, something very important. Later that day no word went free, and I felt no inclination to try anything new. As I was falling asleep, I understood: terror aside, the experience was somehow familiar to me. Indeed, whenever I fell asleep, words lost force, dwindled, floating, lulling me to sleep, until they left and I sank into sleep. Sometimes I had dreams and nightmares with words; but quite frequently I also slept without dreaming, I vanished until they woke me up or I woke up on my own. During sleep, my body must not have been too different from things themselves. What I had done was to voluntarily fall asleep, thus crossing the barrier of words on

palabras a propósito. Pero entonces, si la experiencia me era requete familiar, ¿por qué el terror? No. La pregunta cambió de inmediato: ¿Cómo era posible que pudiera quedarme dormido todas las noches sin temor? Una súbita inquietud me hizo sentarme. Dormirse era como morir y, ¿qué garantía tenía de despertar?

Se me enredó todo y aguanté el sueño. Perplejo, en la obscuridad, traté de comprender. Cuando yo me dormía, ¿era el cuerpo que me borraba dulcemente para descansar en el reino de las cosas mismas? ¿Sufría él la tiranía de las palabras y mi propia tiranía? Si así era, ¿por qué me reconstituía cada mañana? Parecía necesitarme; cuando yo pasé la barrera por mí mismo fue él quien me rescató, ¿era también suyo el terror sagrado de la muerte?

Oía los ruidos familiares de la noche y cavilaba. ¿La noche devoraba todas las cosas nombradas y organizadas por el verbo hasta que el alba les restituía su significación? Recordé la magnolia y la imaginé fuerte, poderosa, bailando al viento esa pequeña danza suya tan parecida a la danza de las cobras. Me pareció ver una culebra ciega enroscada en su tronco mientras el sueño me borraba.

purpose. But then, if the experience was so super familiar, why the terror? No. The question changed immediately: how was it possible that I fell asleep every night without fear? A sudden alarm made me sit up. Sleeping was like dying, and what guarantee did I have of waking up?

Everything got muddled and I resisted sleep. Baffled, in the darkness, I tried to understand. When I fell asleep, was it my body's doing, gently putting me out in order to have some rest in the realm of things themselves? Did it suffer the tyranny of words and my own tyranny? If so, why would it reconstitute me every morning? It seemed to be in need of me; when I crossed the barrier on my own, it was the body who rescued me. Did it share in the holy terror of death?

I listened to the familiar noises of the night as I pondered. Did the night engulf all things named and ordered by the word, until daybreak brought them back their meaning? I remembered the magnolia, and I imagined it strong, powerful, dancing against the wind that little dance of hers, so similar to the dance of the cobra. While sleep was putting me out, I thought I saw a blind snake coiled around its trunk.

Desperté aliviado, tranquilo y despejado. Comprendía todo. El sueño es pariente de la muerte porque ambos llevan al reino de las cosas mismas; pero el viaje del primero es transitorio y periódico bajo la protección del cuerpo que me borra en la noche y me vuelve a constituir en la mañana, sin terror. La segunda, en cambio, es un viaje sin retorno que me horroriza. Me horrorizaba aun cuando la pensara como un viaje más largo con retorno lejano en otro cuerpo.

Quise hacer un tercer tipo de viaje que fuera como el sueño, pero sin dejarme borrar. Si lo lograba, podría deleitarme con las palabras en la seguridad de huir en el momento de supremo peligro sin conmocionar mi cuerpo y sin morir. También sin quedarme dormido, pues no era solución ponerme a dormir en clase o en la calle o mientras estaba comiendo o nadando.

Ese día hice todo esperando la noche. Cuando todos se retiraron a sus dormitorios y se sosegó la casa, salí sin ser notado. La noche era tibia y estrellada. Me acosté en el suelo del patio, en el espacio sin árboles que rodeaba la magnolia, boca arriba, con las piernas cruzadas y las dos manos detrás de la cabeza. Mi propósito era dormirme sin dormirme hasta dominar ese arte y poder practicarlo a voluntad en cualquier momento y en cualquier sitio durante breves instantes, lo suficiente para despistar el sagrado terror de la locura sin perturbar mi cuerpo y mis asuntos.

Vencí un vago temor a la culebra inventada el día anterior. Contemplé el enjambre sin cuenta de las estrellas olvidando sus nombres y pensando que pertenecían al reino de las cosas mismas. Escuché los ruidos de la noche como murmullos de las cosas mismas, sin significado. Sentí mi respiración y el palpitar de mi corazón como movimientos de una cosa en sí misma. Cerré los ojos y sentí el letargo del sueño, pero estaba despierto. Era cuestión de lograr ese letargo a voluntad practicando.

En la madrugada me llamaron los gallos. Me levanté todo húmedo de rocío, tiritando, con el tiempo justo para regresar a mi cuarto sin

I woke up relieved, calm, and clear-headed. I understood everything. Sleep is a relative of death because they both take us to the realm of things themselves; but the journey in the first case is temporary and periodical under the protection of the body, which puts me out by night and reconstitutes me in the morning, without terror. In the second case, instead, it is a journey with no return, which horrifies me. It horrified me even when I thought about it as a longer trip with a postponed and distant return to another body.

I wanted to do a third type of trip which would be like dreaming, but without letting myself be annihilated. If I succeeded, I might take delight in words within the safety of fleeing at the moment of supreme danger, without troubling the body and without dying. And also without falling asleep, since it was not really a solution to start sleeping in class or on the street, or while I was eating or swimming.

That day, I did everything I did with the expectation of the night. When they all retired to their bedrooms, and the house went quiet, I slipped out unnoticed. The night was warm and full of stars. I lay on the yard's floor, on the empty space surrounding the magnolia, face up, with my legs crossed and my hands under my head. My purpose was to sleep without falling asleep until I could master this art, to be able to practice it anytime and anywhere at will, for brief instants, just enough to avoid the sacred terror of madness without disturbing my body and my affairs.

I overcame a vague fear of the imaginary snake I had made up the previous day. I watched the numberless swarm of the stars, forgetting their names, and thinking that they belonged to the realm of things themselves. I listened to the noises of the night like whispers of things themselves, meaningless. I felt my breathing and my heartbeat as if they were movements of a thing in itself. I closed my eyes and I felt the drowsiness of sleep, but I was awake. It was a matter of reaching this drowsiness at will, through practice.

The cocks crowed me awake at dawn. I got up, all wet with dew, shivering, just in time to be back in my room without being caught.

ser descubierto. El experimento había sido un fracaso; terminó en un resfrío. Pero había sido un primer ejercicio.

Durante los días que siguieron, aumentó mi interés por las cosas. Las observaba cariñosamente. Comencé a creer que guardaban un secreto en su mudez, que ocultaban una dulzura y una mansedumbre en su docilidad, que se escondían.

El experimento me pareció no sólo un fracaso sino una tontería, ¿qué necesidad tenía yo de esperar la noche y salir al patio para hacerlo? Pero yo había tenido dos razones aunque no las hubiera pensado con claridad: por una parte, quería que me auxiliara la necesidad de dormir; por la otra, creía que si no era en mi cama no me dormiría.

Decidí repetirlo sin urgencia de sueño en un lugar protegido. El lunes siguiente en la mañana salí para la escuela, pero me desvié y me fui para el río. Me instalé en un lugar abrigado al lado de la serpenteante corriente y comencé mi ejercicio.

Con la espalda apoyada en un árbol me puse bobo, lelo, buscando el letargo, y lo logré auxiliado por la quietud del lugar y la monotonía de los ruidos. Entonces comencé a soñar despierto. Se rompió la separación entre mi cuerpo y el árbol, entre mi cuerpo y el suelo, entre mi cuerpo y el aire. Todo el mundo era un solo cuerpo, todo estaba unido. Y de la misma manera que yo podía desplazar mi atención, y la desplazaba hacia los pies cuando me apretaban los zapatos, o hacia un diente cuando me dolía, o hacia el estómago cuando tenía hambre, así también podía ahora desplazarla hacia las raíces del árbol, hacia las lejanas montañas o hacia el río que serpenteaba allí cerca. Dejé de percibir las cosas con los sentidos. Las vivía desde dentro de ellas mismas. Me desplacé hacia el río, remonté su corriente sin esfuerzo hasta las remotas y altas cabeceras, remonté la lluvia, que allí caía, hasta las nubes, llegué en viaje horizontal a un punto del cielo desde donde era posible sentir la inmensidad amplia y profunda del mar, bajé por el vapor de agua que ascendía, busqué la desembocadura en delta de un gran río, la remonté, después remonté uno de sus afluentes y en éste escogí el que venía de mi pueblo, remonté sus meandros hasta el sitio de donde había partido.

The experiment had been a failure; it ended with a cold. But it had been a first experience.

Over the following days, my interest in things grew stronger. I looked at them with a feeling of endearment. I started to believe that they kept a secret in their stillness, that they were concealing a sweetness and a meekness in their docility, that they were hiding.

The experiment now seemed to me not only a failure, but also rather silly. What need did I really have of waiting for the night, and of the courtyard? Nonetheless, even though I did not spell them out, I had had two reasons: on the one hand, I wanted to have the assistance of the need to sleep; on the other hand, I thought I would not fall asleep unless I were in my bed.

I decided to try again when not overwhelmed by sleep, in a safe place. The following Monday, I left for the school in the morning, but I made a detour and went to the river instead. I settled in a sheltered spot by the snaking stream, and I began my exercise.

With my back against a tree, I went dumb, listless, seeking lethargy, and I succeeded with the help of the place's quiet and the monotony of the noises. Then I started dreaming while awake. The separations between my body and the tree, between my body and the ground, between my body and the air were broken. The entire world was one single body, everything was united. And in the same way I could usually direct my attention, as when I directed it towards my feet when my shoes were too tight, or towards a tooth when it hurt, or towards my stomach when I was hungry, just so I could now direct it to the roots of the tree, to the faraway mountains, or to the river snaking nearby. I stopped perceiving things with my senses. I lived them from inside themselves. I thus moved towards the river, I travelled upstream without effort, on to the distant and high sources, I ascended the falling rain I found there, up to the clouds, I soared horizontally to a region where I could feel the wide and deep immensity of the sea, I climbed down the mounting water vapour, I sought the delta of a mighty river and I went upstream, and then I went up one of its tributaries, and along this one I chose the one coming from my village, I travelled up its meanders to my point of departure. I

No me equivocaba ni me perdía de la misma manera en que no me extraviaba cuando desplazaba mi atención de la ingle hasta la axila en mi propio cuerpo. Además, todo me resultaba familiar.

La diferencia entre ese cuerpo ampliado que incluía todas las cosas y el cuerpo propio era la siguiente: a éste lo movía yo a voluntad en cuanto actuaba, mientras que en aquél todo se hacía espontáneamente, como en el mío la digestión, la circulación, la respiración. En aquél no había esfínteres que controlar, ni peligros que evitar, ni entrenamientos que practicar, ni libros que estudiar. Mi atención era libre para pasearse por todas partes todo el tiempo.

Me incorporé y me levanté cuando sonaron las doce en el campanario de la iglesia, como si alguien vigilara mi viaje y me llamara en el momento justo. Estaba un poco entumecido, tuve la sensación de arrancarme de la tierra como a una lechuga. Corrí hacia la casa con mi bulto escolar y llegué como de costumbre para el almuerzo.

El exceso y la desmesura han sido destino en mi vida: por la tarde me jubilé también, y lo mismo hice los días siguientes para repetir la experiencia, contando con la complicidad no negociada y tácita de mis hermanos y compañeros. Era costumbre solidaria decir en la escuela que el ausente tenía gripe y si era por varios días, lechina o sarampión. Pero yo abusé con absurda imprudencia. Era claro que una mentira así sólo podía mantenerse por muy poco tiempo.

Fueron días muy felices. Exploré la intrincada espesura de la vegetación, escuché las risas de las flores silvestres al lado del camino, entré en el mundo de un grano de polen tan inmenso como el mundo todo, y en el mundo entré no menos maravilloso de un grano de arena, fui al sol y a las estrellas; me confundí con la brisa y sentí los arañazos del espinito que en la sabana florea.

Las cosas se devoraban las unas a las otras sin crueldad. Nacían y morían sin dolor; como en mi cuerpo, así en el gran cuerpo animal del mundo.

Encontré también cosas totalmente desconocidas para mí que por su forma me sugerían nombres como umbilia, cansalcania, abistirio, prelugo, bótroma. Paseaba una vez entre incontables bimbolenias

never once erred or was mistaken, just as I did not get lost when my attention moved between my groin and my armpit through my own body. Besides, everything was familiar to me.

The difference between that expanded body including all things and the body of my self was the following: I was able to move the latter at will whenever I was active, whereas in that other one, everything took place spontaneously, just as digestion, blood circulation and breathing happened in mine. In that body there were no sphincters to control, nor dangers to avoid, nor exercises to practise, nor books to study. My attention was free to roam everywhere all the time.

I sat up and rose when the clock of the church was striking midday, as if someone had been watching over my journey and then rang for me at the exact time. I was a little stiff. I had the feeling of plucking myself from earth as one plucks a lettuce. I ran home with my school backpack and arrived as usual in time for lunch.

Excess and lack of moderation have been my fate through life: that afternoon I skived off again, and I did the same on the following days, to repeat the experience, counting on the understood and unspoken complicity of my siblings and classmates. It was customary to say at school that the absentee had a cold, or measles or chickenpox when the absence was longer. But I abused my luck with absurd imprudence. It was clear that such a lie would not be able to hold for more than a few days.

They were very happy days. I explored the intricate thickness of vegetation, I heard the wild flowers giggling by the roadside, I entered the world of a grain of pollen as big as the entire world, and the no less wondrous world of a grain of sand, I went to the sun and the stars; I mingled with the breeze, and I felt the scratch of the blooming acacias by the pastures.

Things devoured one another without cruelty. They were born and died without pain; as in my body, so it was in the great animal body of the world.

I encountered also things totally unknown to me, which suggested names like umbilia, cansacalny, abeestirion, preluge, botromy. I was

cuando la palabra bimbolenia comenzó a ronronear musicalmente formando un bello remolino sonoro que me encantaba y hechizaba. Me había tomado por sorpresa. Cuando se abrió ante mí el umbral fatídico apenas tuve tiempo de incorporarme y lanzarme de cabeza en el río, vestido y todo con el bulto a la espalda.

Esto ocurrió el sábado de esa semana memorable. Cuando al fin salí del río donde había buceado varias veces hasta tener que tragar agua, era cerca del mediodía. Mientras caminaba hacia la casa todo empapado, con los libros y cuadernos hechos una lástima, estaba menos preocupado por los problemas inminentes que por el significado de la última experiencia.

once strolling amid countless bimbolenies, when the word bimboleny started purring musically, giving shape to a beautiful sound swirl which enchanted and bewitched me. I had been taken by surprise. Once the fateful threshold was gaping open before me, I barely had time to get up and plunge headlong into the river, all dressed as I was and with my backpack on.

This happened on Saturday of that memorable week. When I finally got out of the river, where I had to grope my way out and to swallow water, it was almost noon. As I walked home soaked wet, with my books all ruined, I was less concerned by the imminent trouble than by the meaning of the last experience.

Antes de entrar a la casa me detuve: había visita. Era el maestro, mi maestro de escuela. Estaban hablando de mí. "Es un muchacho muy imaginativo: las clases de ciencias y de letras lo han impresionado mucho. Lo de jubilarse es normal, todos lo hacen alguna vez, pero una semana entera es demasiado". Alguien me había delatado, seguramente bajo presión: "Las malas juntas, los peligros naturales; y esos muchachos, tan disposicioneros que son a esa edad, puede ocurrírseles comer plantas venenosas o adentrarse en el monte y perderse, les toca a los padres estar atentos y poner freno. Hay que proceder con firmeza y sabiduría, podría hasta irse de la casa y del pueblo; hace dos años, por ejemplo...". En ese momento estornudé, tuve que entrar, hice una reverencia tímida. Me bañé en el río porque hacía mucho calor, dije estúpidamente. El maestro agitó la cabeza mientras tamborileaba el brazo de la silla con los dedos. En la mirada de mi padre había severidad, reproche, ira, inquietud. Lágrimas, consternación y alivio en los ojos de mi madre; me llevó de inmediato a la sala de baño, me ayudó a desnudarme y a secarme, me friccionó con alcohol, me vistió de limpio, examinó el bulto con desmayo y resignación.

Esa vez no me castigaron, pero me dieron un regaño aconsejado de esos que parecen no terminar nunca. Con la cabeza baja yo oía por fragmentos, sin responder nada, ni aun cuando me interrogaban. Mientras, pensaba en las experiencias de la semana terminadas así con chapuzón, resfrío y regaño.

También los sueños pertenecen al verbo. No sólo los sueños de cada noche recordados o no. También los sueños de ese sueño despierto, sea real o imaginario lo que muestran. Seducido por lo novedoso de la experiencia de romper la separación entre mi cuerpo y las demás cosas; seducido por los intentos de los últimos días para ampliar mi atención y estar presente en todo el mundo simultáneamente, ya para qué contarlos; seducido por las peripecias de ese viaje, yo había olvidado mi meta. Mi meta era abandonar el verbo.

Before entering my house, I stopped: there was a visitor. It was the master, my school teacher. They were speaking about me. "He is a very imaginative boy: science and literature lessons have made a big impression upon him. Skiving is something normal, they all do it some time or other, but an entire week is too much." Someone must have given me away, surely under duress: "The bad company, natural dangers… and those boys, wayward as they are at their age, who knows what poisonous plants they might try for fun, or where they might end up lost roaming through the woods. Parents need to be alert and set the boundaries. One has to proceed with firmness and wisdom; he could even leave home and town. Two years ago, for instance…" At that moment, I sneezed, I had to enter, I made a bashful bow. I went swimming in the river because it was very hot, I said stupidly. The master shook his head while he drummed on the chair's arm with his fingers. In my father's eyes there was severity, reproach, anger, distress. There were tears, apprehension, and relief in my mother's eyes; she took me immediately to the bathroom, she helped me undress and dry, she rubbed me with alcohol, gave me fresh clothes, and examined my bag with dismay and resignation.

They did not punish me this time, but they gave me one of those seemingly endless wise sermons. With my head low, I paid attention by snippets, without answering, not even when I was questioned. Meantime, I thought of the week's experiences thus brought to an end with river plunge, cold, and reprimand.

Dreams also belong to the word. Not only the night dreams, either remembered or not. The dreams of that waking dream too, regardless of the veracity of their contents. Seduced by the novelty of the experience of breaking the boundary between my body and all other things; seduced by my recent attempts at widening my attention and being present everywhere simultaneously—why keep count anyway?; seduced by the excitement of my journey, I had lost sight of my aim. My aim was to break up with words.

Ahora lo veía claro: todo mundo real o imaginario tiene por fuerza la misma contextura que la región más transparente. Cosas ligadas a nombres. Todo lo que había visto en el viaje o bien tenía ya nombre o bien yo podía ponérselo siendo yo mismo portador y ejecutor del verbo. Es más: aunque ninguna de esas cosas tuviera nombre era nombrable, tenía una cierta individualidad definida y estaba relacionada con las demás de manera extrañamente parecida a las partes de la oración tal como las había explicado el maestro: sustantivo, artículo, adjetivo, verbo, preposición, conjunción, sujeto, predicado, género, número, caso, tiempo, persona, voz, modo. Las cosas se comportan como un lenguaje tácito con una gramática tácita. El mundo tiene la estructura de un discurso. Cualquier mundo, pues siempre habría individuos y relaciones, como en el lenguaje. De no haber pluralidad y conexiones no habría mundo. Nuestro lenguaje, se diría, reproduce y vocaliza en su seno el lenguaje de las cosas mismas. Aunque no lo logre del todo, está siempre en eso. Las cosas mismas son parientes íntimos del lenguaje aunque el acercamiento de ambos no se ajuste plenamente nunca. La región más transparente es un lugar de acoplamiento válido para nuestra vida, es un territorio conquistado, habitable, es la casa del hombre. El verbo tiende a encontrarse con el lenguaje tácito de las cosas para extender, si es posible, hasta el límite último, la región más transparente.

Yo no había abandonado el lenguaje ni podría abandonarlo por esa vía. Más bien contribuía forzosamente a ampliar la conexión de los dos niveles verbales, el expreso y el tácito. Sin embargo, el haber roto transitoriamente la separación entre mi propio cuerpo y el resto de las cosas aumentó mi interés y mi estimación por ese reino que antes despreciara. Dejé de matar pájaros con fonda, hice el mejor herbario de la clase, gané un premio por una colección de dibujos de esqueletos de animales, aprendí a hacer mapas, llené mi cuarto de piedras de todo tipo. Cogí fama de tener vocación y talento para las ciencias naturales.

El sentido que todo eso tenía para mí era distinto: disfrutaba la cercanía de las palabras entretenidas, afanadas en llegar al verbo

All was clear to me now: every world, real or imaginary, has inevitably the same texture as the most transparent region. Things tied to names. Everything I saw on my journey either had a name already, or I could assign it myself, being both a conveyor and an enactor of the word. Furthermore, even if none of them had a name, it was nameable, it had a certain defined individuality, and it was related to other things in a way strangely reminiscent of the parts of the sentence as explained by the teacher: noun, article, adjective, verb, preposition, conjunction, subject, predicate, gender, number, case, tense, person, voice, mood. Things behave like a tacit language with a tacit grammar. The world has the structure of discourse; any world, for there would always be individuals and relations, as in language. If there were no plurality and connections, there would be no world. Our language, you might say, reproduces and vocalizes in its bosom the language of things themselves. Even though it may never quite succeed, it is always trying. Things themselves are intimate relatives of language, though their mutual approach is never quite accomplished. The most transparent region is a legitimate realm of couplings for our life, it is a conquered, inhabitable place, it is the house of man. The word has a tendency to meet with the tacit language of things in order to extend, until the utmost limit if possible, the most transparent region.

I had not left language, nor could I do so along this way. I was rather contributing by force to widen the connection between the two verbal levels, expressed and tacit. Nevertheless, having broken momentarily the separation between my own body and other things increased my interest and my esteem for that realm I had previously despised. I stopped killing birds with my slingshot, I made the best herbarium of the classroom, I won a prize for a collection of drawings of animal skeletons, I learnt how to draw maps, I filled my room with rocks of all kinds. I earned a reputation for having a vocation and talent for natural sciences.

The meaning of all this was different for me: I was enjoying the company of words as they rejoiced in striving to reach the tacit word

tácito de las cosas, saliendo de la región más transparente, pero hacia las cosas, no hacia el umbral.

Mientras buscaba la manera de poder abandonar el lenguaje, se me ocurrió emprender una aventura muy audaz, inspirada en el disfrute de acompañar las palabras cuando se afanaban en conquistar las cosas exteriores a la región más transparente.

La aventura: domar las palabras libres. Me gustaban libres, no al servicio de las cosas, pero no podía soportar que me llevaran al terror. ¿Qué tal si pudiera liberarlas de las cosas y cabalgarlas según mi voluntad?

Digo cabalgarlas pensando en la doma de caballos que tantas veces había observado con apasionamiento; pero está claro que no las sentía como caballos del llano ni como pegasos. Lo que me interesaba era mantener su presencia maravillosa y hasta acercarme con ellas al umbral, pero graduando yo la velocidad y manteniendo la posibilidad de frenarlas en el punto escogido por mí y hacerlas regresar a la región más transparente cuando yo quisiera.

Dos descubrimientos de inmensa importancia me animaron a emprender la doma. El primero lo hice observando su afán. El segundo, observando el resultado de su afán. Descubrí dos debilidades de las palabras.

Primera debilidad: las palabras son atraídas irresistiblemente por las cosas, se entregan a las cosas. Excepto cuando yo las liberaba, estaban siempre entregadas a las cosas. Llegué a preguntarme si eran conquistadoras o conquistadas.

Bastaba que yo encontrara una cosa rara, sin nombre, para que vinieran en tropel a intentar asirla. Recogía yo algo del suelo; acudían de inmediato piedrita, pedrusco, guijarro, canto, laja; sí, pero verde, brillante, parejo; piedra preciosa, cristal, joya, aguamarina, gema; sí, pero con un agujero que la atraviesa; amuleto, adorno, fetiche; sí, pero áspero de un lado como separado por quiebre de una cosa más grande, pedazo de... pedazo de... me lo guardaba en el bolsillo y ellas quedaban por ahí revoloteando como abejas, girando y tornando su dulce zumbido de miel.

of things, leaving the most transparent region but in the direction of things, not towards the threshold.

While I looked for the way to be able to leave language, it occurred to me to begin a new daring adventure, inspired by the delight of accompanying words when they strived to take exterior things away from the most transparent region.

The adventure: taming the free words. I liked them free, not in servitude of things, but I could not bear it when they took me to the terror. What if I could free them from things and ride them at will?

I say "to ride them" thinking of horse breaking, which I had so often observed with passion; but it is clear that I did not feel them to be horses from the plains or winged Pegasi. What interested me was to keep their marvellous company, and even to approach the threshold with them, but controlling the speed at my will, and with the possibility of pulling the reins and making them stop at any point of my choice, and of making them return to the most transparent region whenever I wanted.

Two discoveries of great importance encouraged me to try breaking them. The first I made as I observed their striving. The second, by observing the results of their striving. I discovered two weaknesses of words.

First weakness: words are irresistibly drawn towards things, they give themselves unto things. Except when I set them free, they were always bound to things. I came to wonder if they were conquerors or conquered ones.

All I needed was to come across something strange, something nameless, and there they came in throngs to try to seize it. I picked up something from the ground; immediately there arrived rock, stone, pebble, gravel, slab; yes, but green, shiny, smooth; precious stone, crystal, jewel, aquamarine, gem; yes, but with a hole in the middle; amulet, ornament, keepsake; yes, but rough on one side as if split by force from something larger, a piece of… a piece of… I put it in my pocket, and there they remained fluttering around like bees, turning and hovering with their sweet honey buzz.

En las ciencias naturales, las palabras estaban organizadas como un ejército romano, avanzaban en orden estricto hacia las cosas para asirlas de manera exhaustiva, no en tropel como las que todos sabíamos. Me impresionaba y maravillaba ese ejército en formación de batalla destinado al imperio universal del verbo explícito sobre las cosas. Me complacía la proximidad de esas bellas en campaña, bien atadas a su jerarquía de mando y a su tarea, a sus responsabilidades precisas. Pero la sistemática no era mi juego; mi juego era la doma y decidí comenzarlo con las palabras militarizadas de las ciencias naturales.

Un incidente no totalmente inesperado anticipó el comienzo de mi aventura. Mientras memorizaba un gran cuadro clasificatorio, la palabra fanerógama arrojó sus armas —en todo ejército hay desertores— y se puso a danzar y a cantar. La dejé hacer con deleite hasta que todo mi mundo comenzó a vibrar peligrosamente, a punto de reventar. Entonces pregunté con énfasis autoritario, ¿la magnolia es fanerógama? Fanerógama regresó a su puesto y se ajustó dócilmente al esquema.

Me envalentoné. Puse en libertad con alegría la palabra metamórfica. Bailé con ella. Cuando se acercó musicalmente a la catástrofe, agarré, con mano temblorosa, la primera piedra a mi alcance en mi colección, sin verla, y pregunté severamente, como el maestro en los exámenes, ¿es esto una roca metamórfica? Metamórfica se enfrió y regresó a su sitio.

Experimenté con palabras corrientes. No obedecían. Rosal no regresó a pesar de que yo estaba al lado del rosal. Tuve que herirme las manos con espinas. Sospeché que los naturalistas se apegan a sus términos militarizados como generales que sólo en guerra están seguros de sí mismos. Yo no quería encerrarme en esa bella guerra. Quería inventar métodos de doma aplicables también a las palabras díscolas del habla cotidiana.

Me quedó sin embargo el goce de atraer y entretener enjambres de palabras, científicas, o corrientes, en torno a cosas extrañas, marginales, anónimas, irregulares, fragmentarias.

In the natural sciences, words were arranged like a Roman army, they advanced in strict formation towards things to lay hold of them exhaustively, not in a rush as it happened with words known by everyone. I was impressed and I marvelled at that army in battle formation, designed for the universal dominion of the explicit word upon things. I was pleased by the proximity of those lovely ones in campaign, well tied to their command hierarchy and their task, to their precise responsibilities. But systematics was not my game; my game was the taming, and I decided to start with the militarised words of natural sciences.

A not wholly unexpected event presaged the beginning of my adventure. While I was learning by heart a long classificatory table, the word "phanerogam" threw its weapons—there are deserters in every army—and started dancing and singing. I let it do, with pleasure, until all my world started shaking dangerously, at the point of bursting. Then I asked aloud, with the voice of authority, "Is the magnolia a phanerogam?" Then "phanerogam" went back to its place and adapted meekly to the scheme.

I became cocky. I joyfully set free the word metamorphic. I danced with her. When it came musically close to the catastrophe, I grabbed with shaking fingers the first stone of my collection I could reach, without even looking at it, and I raised my voice severely, like the master in an exam, "Is this a metamorphic rock?" Metamorphic then cooled down and went back to her place.

I experimented with ordinary words. They did not obey. "Rose" did not come back, though I was sitting right next to a rose bush; I had to cut my hand with thorns. I had the suspicion that naturalists cling to their militarised words like generals who are only sure of themselves during war. I did not want to lock myself in this beautiful war. I wanted to invent taming methods which would also apply to the unruly words of everyday speech.

Nevertheless, I kept with me the joy of attracting and entertaining swarms of words, scientific or common, towards and around strange, marginal, anonymous, irregular, fragmentary things.

Segunda debilidad de las palabras: no logran asir ninguna cosa en particular. Se detienen en vuelo, cual colibrí, tocan y se van hacia otra.

Este descubrimiento lo hice mirando la magnolia. Magnolia era el nombre de este árbol que estaba en medio del jardín. Pero magnolia era también el nombre de otros árboles que estaban en otros jardines. Yo podía decir: esta magnolia que está aquí delante de mí en medio del jardín de mi casa; pero otro muchacho podía decir las mismas palabras frente a otra magnolia en otro jardín de otro patio. Nada las ligaba a este árbol en particular.

Además, si yo inventaba un nombre propio exclusivo para esta magnolia —como lo invente en efecto: liguria—, nada impedía que pudiera ser aplicado, o hubiera sido ya inventado y aplicado a otro objeto.

Todas las magnolias tienen en común la especie. El nombre toca la especie; pero no toca a este árbol aquí en lo que tiene de particular. Si uso otras palabras para calificarlo, determinarlo, ubicarlo, tampoco esas palabras le corresponden exclusivamente; son colibríes de beso fugaz.

Dijo una vez una bruja que vivía a la salida de la aldea: "Se puede quemar una magnolia, pero no su esencia; la magnolia es mortal pero su esencia es inmortal; por eso se puede hacer otra magnolia con las cenizas de la quemada". Comprendí: la palabra besa lo inmortal de la magnolia.

Ahora bien, si yo pudiera ponerme del lado de las cosas mismas en cuanto destructibles, entonces podría ver las palabras y esas esencias de verbo tácito que la llama respeta. Podría verlas en seguridad, como a los toros desde el otro lado de la cerca, como a la tempestad desde la ventana. Es más, podría provocarlas y desafiarlas para verlas y oírlas desde muy cerca y de frente como a los perros del vecino a través de la reja cerrada. Más aún, tendría un refugio y un cuartel estratégico para las operaciones de doma.

Second weakness of words: they are unable to grasp one single thing in particular. They pause mid-flight, like a hummingbird, touch briefly and then move on to another one.

I made this discovery while looking at the magnolia. Magnolia was the name of this tree in the middle of the garden. But magnolia was also the name of other trees in other gardens. I could say, "This magnolia is before me in the middle of the garden of my house"; but another boy could say the same words facing another magnolia in another garden of a different house. Nothing bound them to this tree in particular.

Besides, if I invented a proper noun exclusive to this magnolia—as I in fact had done: Liguria—nothing prevented it from being applied, or from having already been invented and applied to some other object.

All magnolias have the species in common. The name affects the species; but it does not affect this tree here in what is particular to it. If I use other words to qualify it, to determine it and locate it, these words are also not exclusive; they are hummingbirds of fleeting kiss.

I once heard from a witch who lived near the village, "You can burn a magnolia, but not its essence; the magnolia perishes, but its essence is imperishable; this is why you can make a new magnolia with the ashes of the dead one." I understood: the words kiss what is immortal in the magnolia.

Now, if I could stand on the same side of things themselves in so far as they are destructible, I might be able to see the words and those essences of the tacit word which are spared by the flames. I would see them from safety, like one who looks at the bulls from over the fence, or a storm from the window. Even more, I might be able to tease them and challenge them, in order to see them and hear them from close range and face to face, like the neighbour's dogs through the locked gate. And further, I would have a shelter and strategic headquarters for my taming activities.

Pero ¿cómo pasar esa frontera? De alguna manera ya la tenía pasada siempre. Estaba entre las cosas mismas dondequiera. Estar en el mundo es estar entre las cosas mismas. Estar en el mundo es saberse rodeado, penetrado, capturado por las cosas. Pero está también la presencia simultánea de las palabras que nos entreteje a su universo de colibríes. Tan pronto como digo: estoy aquí en el jardín, eso es una magnolia, la vivencia inmediata se ubica en un ámbito diferente a ella, un ámbito de contextura verbal que presupone todas las relaciones indicadas en el lenguaje, un ámbito que es el mundo de la palabra. Quedarse a solas con aquello que el fuego puede consumir, ¿significa acaso abandonar el mundo? No. Se me imponía la existencia de algo no verbal, inaccesible a las palabras, impasible a su pico.

Decidí repetir la primera experiencia con la magnolia para explorar su terror. Tal vez no había procedido bien. Ahora comprendía mucho mejor.

Un domingo en la tarde, cuando todos salieron de visita para asistir a una fiesta de cumpleaños, yo me quedé solo en la casa pretextando tener mucho que estudiar. Mantuve lo del abrazo al tronco. No pude evitar una vaga sensación de culebra presente; yo quizás culebra; o la magnolia, una culebra cabeza bigotuda metida en la tierra y cuerpo de múltiples bifurcaciones aladas, hojadas en el cielo. Sentí su mínima danza de cobra o la mía o la de ambos.

Con valiente decisión, con ánimo de explorador y pionero, quité todas esas palabras y llegué al verbo tácito —tan afín a las palabras—, a la esencia incombustible que constituía y conformaba esta magnolia aquí entre mis brazos. Se trataba ahora de soltar también esa esencia, la especie, y quedar a solas con la presencia individual, particular, perecedera, inflamable de esto aquí. Con súbito chasquido, esto aquí, al quedar liberado, era cualquier esto aquí y luego se dispersaba en algo tenebroso, difuso, sin límites, sin forma para pasar después a algo abisal que ya no era algo, donde yo caía sin caer, en total desorientación mientras disminuía, perdía consistencia, desaparecía.

But how could I cross that border? In a certain way, I was already on the other side all the time. I was among things themselves everywhere. To be in the world is to be among things themselves. To be in the world is to know you are surrounded, pervaded, captured by things. Then there is also the simultaneous presence of words, weaving us into its universe of hummingbirds. As soon as I say, "I am here in the garden; that is a magnolia," the immediate experience is placed on another realm, different from itself, a realm of verbal structure which implies all the relations defined in language, a domain which is the world of words. To remain alone with that which the fire can burn, is that leaving the world? No. The existence of something not verbal, inaccessible to words was imposed on me, something impervious to their beaks.

I decided to repeat the first experience with the magnolia in order to explore its terror. Perhaps I had not proceeded correctly. Now I understood much better.

On a Sunday afternoon, when everyone else was away on a birthday party, I stayed alone at home with the pretext of having much to study. Once again I embraced the trunk. I could not shake off the vague feeling of a snake present somewhere; perhaps I myself a snake; or the magnolia a snake with moustached head buried in the earth and a body branching out in manyfold winged appendices, up into the sky. I felt again its ever so subtle cobra dance, or mine, or our shared dance.

With courageous resolution, with the spirit of an explorer and a pioneer, I removed all those words and I arrived at the tacit word—so akin to words—at the incombustible essence which constituted and conformed this magnolia here between my arms. Now I had to let go also of this essence, the species, and to remain alone with the individual presence, particular, flammable of this here. With a sudden snap, this here, upon being freed, became any other this here, and it then dispersed into something tenebrous, diffuse, boundless, formless, to then become something abysmal which was no longer something, wherein I fell without falling, in utter disorientation as I decreased,

Desde lo profundo clamé: magnolia, madre, liguria, magmadre, madrolia.

Respondió liguria. Nunca fue palabra alguna más hermosa. Nunca será ninguna más querida. Rotando en gloria y majestad, pequeño huracán centrípeto, me arrastró con bienvenida gravitación, atravesó fulgurante la región del verbo tácito, pasó destellante sobre la región más transparente sin detenerse, y desastre, siguió vuelo giratorio incontenible, hacia el umbral de la locura. Yo era horror puro. Pero cuando estalló en relámpago, me rechazó violentamente en dirección al abismo donde me había salvado. Me detuvieron las redes tácitas de la magnolia, débiles redes que yo mismo había desatado. Me agarré a sus hilos, flores grandes como palomas, el verde casi noche de sus hojas lustrosas, las ásperas bifurcaciones de su cuerpo, la mínima danza de cobra erguida.

A todas éstas yo no había encontrado mi cuerpo. Cuando lo encontré tenía sangre en los labios y en las uñas quebradas. Después, mis asuntos anduvieron de mal en peor. Sentí que había retrocedido. En cuanto a la doma perdí todo optimismo. Bien es cierto que me di cuenta claramente de una tercera debilidad de las palabras, debilidad patente todo el tiempo pero inadvertida por mí de manera explícita como debilidad: las palabras no soportan estar en libertad, regresan casi de inmediato a... su origen, pensé, a su fuente, a eso que para mí significaba terror sagrado. Sin embargo, ¿cómo podía yo aprovechar esa debilidad en la doma? Más bien representaba un obstáculo.

Por otra parte un nuevo problema de grandes proporciones había aparecido. Diré cómo.

Me interesé más por las cosas y más amorosamente que antes prestando mucha atención a la cosa individual, destructible sin separarla de su esencia. Decía: eso es una mariposa, pero ponía el énfasis en eso y no en mariposa, me gustaba cada vez más eso particular efímero.

Lamentablemente la cosa particular acentuada en su individualidad y amada comenzó a mostrar una fuerte tendencia a separarse de su verbo tácito, a deshacerse y formar un hueco. Por él me halaba una fuerte corriente hacia esa exterioridad obscura donde habita el

lost consistence, disappeared. Out of the depths I cried, "magnolia, mother, liguria, magmother, mothrelia."

"Liguria" answered. Never was a word more beautiful. None will ever be more beloved. Rotating in glory and majesty, a tiny centripetal tornado, it dragged me with a welcome pull, it crossed like a flash the region of the tacit word, it went like a comet through the most transparent region, without stopping, and oh disaster, it went on flying into a spin, unstoppable, towards the threshold of madness. I was sheer horror. But when it burst in lightning, it rejected me forcefully in the direction of the abyss where it had saved me. Then the tacit webs of the magnolia caught me, weak webs I myself had untied. I clutched to its threads, big flowers the size of doves, the night green of its shiny leaves, the rough bifurcations of its body, the faintest dance of standing cobra.

In the meantime, I had not yet found my body. When I found it, it had blood on the lips and its nails were broken. Afterwards, my affairs only went from bad to worse. I felt I had suffered a drawback. I lost all my optimism regarding the taming. However, it is true that I discovered clearly a third weakness of words, a weakness which was evident all the time, but I had failed to recognise as a weakness: words can not stand to remain free, they return almost immediately to… their origin, I thought, to their source, which meant for me the sacred terror. But then, how could I take advantage of this weakness in order to tame them? It was rather an obstacle.

On another front, I new problem of great dimensions had arisen. I shall explain how.

I became more interested in things and more lovingly than before, paying attention to every individual thing, destructible as it was, without separating it from its essence. I said: "This is a butterfly," but with the emphasis on "this" instead of "butterfly"—I was coming to like more and more this particular ephemeral.

Unfortunately the particular thing, with the focus on its individuality, and being loved, started to show a strong tendency to uncouple from its tacit word, to vanish leaving a hollow behind. Through this hole, a strong current dragged me towards the outward darkness

sagrado terror de la muerte, y yo —debo decirlo de una vez— me sentía intrigado y atraído por el sagrado terror de la locura hasta el punto de querer explorarlo si bien en seguridad, mientras que el de la muerte no me atraía en forma alguna; lo repudiaba y abominaba con todo mi ser.

Cuando me acercaba cariñosamente, por ejemplo, a una piedra de mi colección y la trataba de quien a quien en su presencia singular, podía ocurrir que abandonara todas sus características para limitarse a estar allí, lo cual era bello, y luego se dispersara en ilimitada tiniebla, lo cual era horrible. Yo tenía entonces que recurrir al verbo tácito que la sostenía y, paradójicamente, a todas las palabras que pudieran llamarla, piedra feldespato, mica, dureza, filosa, de mucho valor, le gustó al maestro, muy abundante en el Brasil, se usaba en la prehistoria para hacer hachas... corriendo el peligro de que alguna de esas palabras se liberara a su vez y me pusiera entre dos fuegos.

Mi entusiasmo de domador se encendió de nuevo durante esos días, pero con llama de hojarasca. ¿Qué tal si yo satisficiera mi amor por la palabra libre, mientras liberaba también una cosa?, ¿no ocurriría entonces que la palabra y la cosa, libres ambas, se enfrentarían la una a la otra y me dejarían a mí también libre para contemplar ese soberbio espectáculo?

Pero por más que lo intenté, no pude liberarlas simultáneamente y, cuando una vez ocurrió por casualidad, me vi en el paroxismo de la angustia acosado al mismo tiempo por los dos terrores sagrados, sin otro refugio que el dolor de mi cuerpo y sus grandes malestares inducidos con precipitación.

Definitivamente, estaba enredado y confundido. A veces me decía que todo tenía su origen en la imbecilidad y la cobardía de mis afectos, porque amaba las palabras pero no con locura y llegué a amar las cosas, más allá de su esencia, pero no hasta la muerte.

inhabited by the holy terror of death. And I—it must be said once and for all—I felt intrigued enough and attracted by the holy terror of madness to the point of wanting to explore it, albeit in safety, while the terror of death did not attract me in any way; I rejected and loathed it with all my being.

When I approached lovingly one of the rocks in my collection, for example, and I treated it familiarly in its distinct presence, it could happen that it would let go of all its qualities and to simply be there, which was beautiful, and then it would dissolve in boundless darkness, which was horrible. At that point I had to appeal to the tacit word which sustained it and, paradoxically, to each and every word that could name it: rock, feldspar, mica, hardness, sharp-edged, valuable, liked by the master, abundant in Brazil, used in prehistory to make hatchets… running the risk that one of these words would go free in turn, leaving me in a crossfire.

My taming ardour was renewed those days, though with a fleeting tinder fire. What if I could satisfy my love for the free word, while also freeing the thing? Would it then happen that word and thing, both free, should confront each other and thus leave me also free to contemplate such mighty spectacle?

Yet, however much I tried, I was unable to free them both simultaneously, and when it happened once by accident, I found myself at the peak of agony, haunted at the same time by the two holy terrors, with no other shelter than my body's pain and its great ailments induced in haste.

I was, all in all, puzzled and confused. I sometimes said to myself that it was all due to the imbecility and the cowardice of my affections, because I loved words, but not with madness, and I got to love things beyond their essence, but not unto death.

En el seno de la región más transparente conocí el súbito relámpago que aniquila la noche por instantes y, contando los segundos, esperé el trueno, rugido tardío de la tiniebla vulnerada. Conocí la permanencia tranquila de las aguas del río, siempre las mismas, y su murmullo múltiple. Conocí los devaneos de la tarde y las indecisiones de la mañana. La furia silenciosa del mediodía. Los secreteos de la lluvia. El viento veranero, irrespetuoso y pertinaz como si sus aromáticos regalos pudieran justificar cualquier desafuero. El orden descuidado de las aves migratorias. Conocí la feria de los verbos, las timideces del azul, el misterio rosado. Me maravillaba ante esas cosas, me inclinaba hacia ellas, quería tener intimidad con ellas. Pero supe que albergaban la muerte; cada una podía convertirse en hoyo negro por donde me halaría la tiniebla exterior que yo repudiaba con todo mi ser.

¿Y quién me defendía en última instancia cuando, seducido por su belleza o buscándolas como refugio, me acercaba tanto a alguna de ellas que tocaba su escondido terror? Sólo mi propio cuerpo con su dolor y sus grandes malestares.

Pero más que las cosas me interesaron siempre las palabras. Superaban en todo a las cosas. Eran afiladas, duras y resplandecientes más que navaja de afeitar o cuchillo de sacrificio. Otras encerraban el estruendo del mar. Anoté en mi cartera una que podía paralizar de miedo la embestida del toro. Las había nacaradas y pizpiretas, como nubes de aurora. Conocí una que hacía superfluos los rosales y otra que ponía leche y miel bajo la lengua. Nada, ni siquiera el aleteo de una mariposa herida, era más impotente que la palabra escrita en la última página de mi cuaderno de zoología. Recuerdo un nombre que pasmaba los claveles. Olvidé a una tía muy querida pero no su apodo. Podía hundirme en adjetivos más mullidos que la mullida hierba. Además de todo esto, creaban ámbitos sin paralelo, sin referencia alguna en el mundo de las cosas. Me maravillaba ante

Within the bosom of the most transparent region, I became acquainted with the sudden lightning which wipes out the night for an instant.
And counting the seconds, I awaited thunder, the sudden roar of
wounded darkness. I became acquainted with the calm permanence
of the river waters, always the same, and with their copious murmur.
I became acquainted with the evening's dalliances and with the
morning's indecisions. The silent rage of midday. The secrets of the
rain. The summer wind, irreverent and shameless, as if the gift of
its aromas could justify any fury. The slack order of migratory birds.
I became acquainted with the fairground of greens, the shyness of
blue, the pink mystery. I marvelled at these things, I inclined towards
them, I wanted an intimacy with them. But I knew they harboured
death; each one could turn into a black hole through which I would
be dragged by the outer darkness I rejected with all my being.

And who was it that jumped to my defence at the last minute,
when I was seduced by their beauty or I sought them for refuge, and
when I came so close as to touch upon their hidden terror? Only my
body with its pain and its great ailments.

But more than things, words always interested me above everything
else. They were superior to things in every way. They were sharp,
hard and shiny, more than razor's edge or sacrificial knife. Others
contained the roar of the sea. I wrote a word in my notepad which
was able to freeze with fear a charging bull. There were some pearly
and flirty like the clouds at dawn. I came to know one which made the
rosebushes redundant, and another which put milk and honey under
my tongue. Nothing, not even the flapping of a wounded butterfly,
was as powerless as the word written on the last page of my zoology
notebook. I remember a name that would make the carnations daze.
I came to forget a very dear aunt, but not her nickname. I could
sink in adjectives which were softer and springier than the soft and
springy grass. In addition to all this, they created fields of experience
without any parallel or reference to the world of things. I marvelled
at such words, I inclined towards them and I wanted to have intimacy

esas palabras, me inclinaba hacia ellas, quería tener intimidad con ellas; pero supe que conducían a la locura; cada una, al liberarse de su significado, volaba rauda hacia un umbral encantador que me atraía y rechazaba con pavorosa violencia.

¿Y quién me defendía en última instancia cuando yo, seducido por su belleza como si hubiera nacido para amarlas, me apegaba tanto a alguna de ellas que volaba yo también hacia su origen fulgurante? Sólo mi propio cuerpo con su dolor y sus grandes malestares.

Y allí estaba mi cuerpo, la guarimba como se llama el santuario de refugio en ciertos juegos de persecución. Cualquiera podía decir: esto es mi cuerpo, refiriéndose a otro cuerpo en otro lugar. La palabra no lo apresaba, es cierto, sólo lo indicaba con beso de colibrí, pero mi intención no se equivocaba ni dejaba sitio a la menor duda. Allí estaba mi cuerpo, mi santuario, y mi intención lo nombraba no en lo que tenía de especie, común con los demás cuerpos humanos, ni en lo que tenía de esa materia inestable, huidiza, capaz de dispersarse y desaparecer en la tiniebla indiferenciada de afuera. Lo nombraba como mi cuerpo allí, particular, distinto de todos los demás. Había sin duda una esencia individual de cada cosa; en todo caso había una esencia individual de mi cuerpo. ¿Se referiría la bruja a esa esencia individual y no a la especie?

Mientras los demás enseñaban juegos a un niño más pequeño, yo me quedé quieto con mi cuerpo tratando de sentirlo, de estar en él en paz, no sólo en dolor y malestar como hasta entonces. Me acosté en él, para decirlo de alguna manera, como en una hamaca. Sentí los pies apretados en los zapatos nuevos, la presión de la media por debajo de la rodilla; sentí la correa de los pantalones cortos, el cierre de la camisa de algodón en torno al cuello. Sentí la respiración como un pequeño frío intermitente en las fosas nasales; sentí el palpitar del corazón como a un leñador paciente que corta un tronco con su hacha. Tragué saliva para sentir la garganta, me acaricié una mano con la otra y levanté los hombros para sentir los brazos y la espalda. Traté de estar con su esencia individual sin referencia a la especie ni a la materia, sin palabras. Tal vez podría refugiarme en él siempre

with them, but I knew that they led to madness; each one, when freed of its meaning, took flight in haste to a bewitching threshold which attracted me and rejected me with terrifying violence.

And who was it that protected me even to the end, when seduced by their beauty, as if I had been born to love them, I attached myself so much to one of them that I flew, too, towards its own blinding origin? Only my body with its pain and its great ailments.

And there was my body, my den, as a refuge is called in some games of pursuit. Anyone could say, "this is my body," with respect to another body in another place. Words themselves did not imprison it, it's true, they merely pointed towards it with hummingbird kisses, but in my case, my intention was not equivocal, and it did not leave any room for doubt. There was my body, my sanctuary, and my intention named it, neither in so far as it belonged to a species, in common with other human bodies, nor in what it had of that unstable, fleeting matter prone to dispersion, to disappearance in the formless outer darkness. I named it as my body there, particular, distinct from everything else. There was without doubt an individual essence for each thing; in any case, there was an individual essence of my body. Was that what the witch was referring to, and not to the species?

While the others were busy teaching games to a younger child, I remained motionless with my body, trying to feel it, to be at peace within it, not only in pain and ailing, as had been the case until then. I lied in it, so to say, as in a hammock. I felt the pressure of my new shoes around my feet, the pressure of the socks below my knee; I felt the belt of my short trousers, the collar of my cotton shirt around the neck. I felt the breathing like a tiny intermittent cold through my nostrils; I felt my heart's pulse like a patient lumberjack cutting a trunk with his axe. I swallowed saliva in order to feel the throat, I stroked one hand with the other, and I raised my shoulders to feel the arms and the back. I tried to stay with it in its individual essence, without reference to species or substance, without words. I might be able to take refuge in it always in this way, peacefully. I tried to be present in its presence, to be one single presence together with it.

de esa manera pacífica. Traté de estar presente en su presencia, ser con él una sola presencia.

Pero entonces, de súbito, él se me volvió extraño, ajeno, inhóspito, y tan distante y tan distinto de mí como la Sierra Nevada, más aún, como perteneciente a un mundo en total y en absoluto diferente a mí. Su esencia individual, tan estimada, tan esperanzadora al comienzo de esta experiencia, se alejó como un fantasma impasible a mí, inaccesible, y me dejó solo, confrontado con un terror tercero para el cual yo no tenía guarimba: el terror de mí mismo.

Yo estaba allí, sin apoyo, sin sentido, sin explicación, sin razón de ser y no podía gritar para pedir ayuda, porque quien sabía gritar era el cuerpo.

Recuerdo que alguien dijo señalándome con el dedo: Miren, se quedó lelo, se quedó lelo, pero nadie le hizo caso; todos pendientes del diálogo con el niño más pequeño. Me apegué al requeteconocido diálogo que sólo puede tenerse con niños más pequeños que nunca han jugado antes ese juego:

– ¿Quieres que te cuente el cuento del gallo pelón?

– Sí

– No es que sí. Es que si quieres que te cuente el cuento del gallo pelón.

– Sí quiero.

– No es que sí quiero. Es que si quieres que te cuente el cuento del gallo pelón.

– Entonces no me lo cuentes, no quiero.

– No es que entonces no me lo cuentes, no quiero. Es que si quieres que te cuente el cuento del gallo pelón.

Suele continuarse el diálogo hasta que el niño pequeño encuentra una manera de detener el interrogatorio o llora.

Desde el terror tercero gravité, pues, hacia ese diálogo y me apegué a él. A través del oír y de la comprensión del oído, recuperé el cuerpo, la estabilidad, la paz. Efectivamente, no es nada de lo que puedas responder, es que si quieres que te cuente el cuento del gallo pelón.

But then, suddenly, it turned strange, alien, inhospitable, and so distant, and as distinct from me as the snow-capped peaks of the Sierra Nevada, or even more, as belonging to an entirely and absolutely different world. Its individual essence, so appreciated and so full of promise at the beginning of this experience, turned away like a ghost impassible to me, unreachable, and left me alone, confronted with a third terror against which I had no den: the terror of myself.

I was there, groundless, senseless, without an explanation, without a reason, and I could not cry for help, for it was my own body who knew how to cry for help.

I remember someone pointed at me and said, "Look, he's turned dumb, he turned dumb, but no one paid attention; they were all focusing on talking to the younger child. I retreated into the arch-well-known dialogue you can only have with younger children who have never plaid the game before:

"Do you want me to tell you the story of the baldie cockerel?"

"Yes"

"It's not 'Yes,' but if you want me to tell you the story of the baldie cockerel."

"Yes, I do."

"It's not 'Yes, I do,' but if you want me to tell you the story of the baldie cockerel."

"Alright, don't tell me then."

"It's not 'Alright, don't tell me then,' but if you want me to tell you the story of the baldie cockerel."

The dialogue usually carries on this way until the small boy either finds a way to stop the questioning or starts crying.

From the third terror, I thus drifted back towards this dialogue, and I clung to it. Through my hearing, and through my hearing and understanding, I regained my body, stability, peace. "In point of fact, it is nothing you might be able to answer, but if you want me to tell you the story of the baldie cockerel..." I had discovered a great secret, I had a key. I stood up happy, like someone who is carrying

Yo había descubierto un gran secreto, tenía una clave. Me levanté contento como quien tiene en el bolsillo caramelos robados; me sentí cómodo en mi cuerpo, me estiré bostezando como los que se despiertan de un sueño apacible y propuse jugar el juego de la candelilla.

La niña que me había señalado con el dedo diciendo: Miren, se quedó lelo, se quedó lelo —entonces la reconocí—, me preguntó: ¿Por qué te quedaste lelo? ¿Qué te pasó? Nada, respondí con ambigüedad. Nada me pasó.

stolen sweets in his pocket; I felt at ease in my body, I stretched, yawning, like those who awake from a peaceful sleep, and I suggested we played Hunt the Thimble.

The little girl who had pointed at me saying, "Look, he's turned dumb, he's turned dumb"—then I recognised her—asked me, "Why did you remain dumb like that? What happened to you?" "Nothing," I replied evasively, "nothing happened to me."

Siempre tengo que aprender con muchos esfuerzos y muchas penalidades lo que ya sé. El saber es como la luz de la lámpara de querosén que alumbra poco cuando la mecha es corta. Hay que sacar la mecha, lo cual es siempre engorroso y a veces se quema uno los dedos, porque se le ocurre hacerlo cuando ya es de noche, necesita luz y ya ha prendido su lámpara.

Yo lo sabía ya, sin darme cuenta y había hecho el papel de tonto.

Una palabra sola, cuando es liberada de su significado, no puede sostenerse y vuela rauda hacia su origen; pero una frase sí se sostiene porque tiene sentido en sí misma, aunque ese sentido no se conecte con nada que se quiera decir. No es que nada; es que si quieres que te cuente el cuento del gallo pelón. La frase a su vez se encuentra siempre ligada a un discurso posible y todos los discursos posibles calzan en el juego de la lengua, juego de sentido propio, independiente de todos los significados.

Una cosa sola, cuando se separa de las demás, no puede sostenerse y se esfuma en la tiniebla exterior; pero un conjunto de cosas sí se sostiene porque está ligado a un discurso que se conecta a su vez con el verbo-tácitodel-mundo que le da sentido.

En la región más transparente, el verbo explícito usado por el hombre y el verbo tácito del mundo llegan a un encuentro y a un compromiso. Es el ámbito donde pueden desplegarse las necesidades, los deseos y los intereses del hombre que pertenece él mismo a los dos verbos y los concilia, siempre de manera precaria y cambiante, nunca en forma definitiva. Pero el hombre es distinto de esos dos verbos, aunque esté siempre entre sus redes y más particularmente en la región donde ha hecho su morada, en lo que concierne a su vida cotidiana ordinaria: la región más transparente, discurso humano inserto en el discurso de la naturaleza.

La amada no es una palabra, sino la palabra. La amada no es una cosa, sino la naturaleza. Cada palabra es un rostro de todas las palabras. Cada cosa es una aparición de todas las cosas. Estar a solas

I always need to learn with much effort and much toiling what I already know. Knowledge is like the light of a kerosene lamp, which gives little light when the wick is short. You have to pull out the wick, which is always cumbersome, and you will often burn your fingers, because you decide to do it when it is already night, you need light and you have already lit the lamp.

I knew it already, unawares, and I had acted like a fool.

One word alone, when freed from its meaning, cannot sustain itself and flies swiftly to its origin; a sentence, however, is able to stand on its own, because it has a sense in itself, even though there is no connection to anything you might want to say. "It isn't 'Nothing,' but if you want me to tell you the story of the baldie cockerel." The sentence is in turn connected always to a possible discourse, and all potential discourses belong in the game of the language, a game with its own sense, independent of every meaning.

One thing alone, when detached from the rest, cannot sustain itself, and it vanishes into the outer darkness; but a set of things does stand on its own, for it is attached to a discourse which is in turn connected to the tacit world-verb which gives meaning to it.

In the most transparent region, the explicit word used by man, and the tacit word of the world come to meet and they come to a compromise. This is the domain where man's needs, desires and interests may deploy, and himself belonging to both words, he can reconcile them, though always precariously and unstably, never in a definite way. Man is distinct from those two words, however, even though he be always within their nettings, and more particularly in that region where he has made his dwelling as regards his ordinary everyday life: the most transparent region, human discourse embedded in nature's discourse.

The beloved is not one word, but the word. The beloved is not one thing, but nature. Every single word is a face of all words. Every

con una palabra sola es locura. Estar a solas con una cosa sola es morir.

A la luz de la lámpara de querosén con la mecha bien sacada, escribí todo eso en un cuaderno nuevo y me sentí poderoso. Cobraron sentido de nuevo para mí los poemas y los paisajes, los estudios y los juegos. Había recuperado la región más transparente y podía excursionar fuera de ella sin terror. Además, mientras me apegara a los dos verbos reunidos o a cada uno por separado, estaría al abrigo del terror tercero.

Siguieron días felices.

Por ese entonces fue el maestro de visita a mi casa. Para que se entienda lo que dijo debo explicar que en esa aldea y en ese tiempo la escuela era la casa del maestro. Había una sala grande con mesas y pupitres donde una veintena de niños varones asistían durante un período que duraba entre cinco y nueve años según la voluntad de los padres y la del maestro. La escuela era unitaria, es decir, no tenía grados, pero el maestro asignaba sitios distintos a los alumnos de acuerdo con su adelanto. Primero en las mesas largas, después en los pupitres dobles y por último en los pupitres individuales. En el mismo salón cada grupo de alumnos y a veces cada alumno hacía trabajos diferentes, mientras el maestro tomaba la tarea llamándonos uno a uno a su escritorio. Después venía a revisar lo que hacíamos. Frecuentemente daba, para todo el salón, explicaciones elementales que los más grandes habían oído muchas veces o explicaciones nuevas que los más pequeños no podían comprender; pero un letrero en la pared rezaba: repetitio mater studiorum scientiae et memoriae y, para los consecuentes problemas de disciplina, otro letrero, encima del clavo de la palmeta, decía sin púdicos latines: la letra con sangre entra.

Durante la visita a mi casa, el maestro explicó que yo sabía ya leer, escribir y sacar cuentas; conocía suficiente de historia y geografía; tenía nociones de ciencias y letras. No había terminado todavía, nunca se termina; pero había que ir pensando en mi futuro. Tenía la preparación elemental; para ser un hombre de bien, faltaba aprender un oficio. Aprender a sembrar y criar ganado. Entrar como aprendiz

single thing is a manifestation of all things. To be alone with a single lone word is insanity. To be alone with a single lone thing is to die.

By the light of the kerosene lamp with the wick nicely drawn, I put all this in writing in a brand new notebook, and I felt mighty. Poems and landscapes, study and games acquired new meaning for me. I had recovered the most transparent region, and I was able to venture outside without terror. Besides, for as long as I clung to the two words reunited, or to each one separately, I would be safe from the third terror.

Happy days followed.

Around that time, the master came to visit at my house. I must explain, in order to make understandable what he said, that by then, the village school was the master's house. There was a big room with tables and desks where about twenty male children attended for a period, between five and nine years depending on the interest of the parents and the master. It was a one-room school, meaning that there was no year gradation, but the master would assign specific places to the pupils depending on their progress. First at the long tables, then at the double desks, and finally at the individual desks. Within the same room, each group of students, and at times each student, worked on different activities, while the master checked on our homeworks by calling us up individually to his desk. Later on, he would come by to check what we had been doing. He frequently gave, for the entire classroom, basic explanations which the older students had heard many times, or new explanations that the younger students could not understand; but a sign on the wall read, *Repetitio mater studiorum scientiae et memoriae*, and for the ensuing discipline problems, another sign—under which the cane was hanging—read, "The letter sinks in with blood."

During the visit to my house, the master explained that I already knew how to read, write, and do calculations; I knew enough history and geography; I had notions of science and literature. I had not yet finished—you never finish—but one needed to start thinking about my future. I already had an elementary preparation; in order to become an honest man, I needed to learn a trade. To learn how to

en un taller de artesanía. Trabajar en una oficina del gobierno. Conseguir puesto en la tienda grande para despachar y llevar las cuentas. Ingresar en la banda. Acompañar a los arrieros de mulas para convertirse en viajero de comercio. Pero él opinaba que yo debía hacer estudios superiores. Si me quedaba en la escuela, lo más que él podía hacer era enseñarme latín, griego, un poco de hebreo y álgebra, por si quería ser ayudante de él más tarde. Pidió además que me llevaran a su casa el domingo en la mañana para tener una conversación conmigo en privado sobre ese tema.

Hubo consternación en la casa. Si se le consigue una beca, si el tío que vive en una ciudad grande, si más bien no se queda aquí con nosotros, si los peligros y la corrupción del mundo actual, si quien añade ciencia añade dolor, si uno cría los hijos para perderlos, si ya tiene casa y siempre hay oficio qué va a hacer en otra parte. Consternación prematura, pues el maestro se había adelantado no poco al momento real de la decisión.

Yo, por mi parte, hubiera querido no tener que tomar nunca decisiones sobre este punto sino seguir siendo niño siempre para proseguir mis investigaciones y mis amores secretos.

El domingo en la mañana me encontré sentado en la biblioteca del maestro. Nunca antes la había visto. Era mucho más grande que la de mi casa. Me sentí cohibido y honrado. No sabía qué hacer. La distancia entre el maestro y yo era abismal. Me preparé para responder preguntas como en un examen difícil. Pero el maestro no me preguntó nada. De una manera que ni aún ahora entiendo plenamente, fue acortando la distancia entre él y yo hasta que me sentí cómodo y confiado. Me contó parte de su vida. Cuando joven había querido ser cura o monje y estudió en un seminario hasta casi tomar los hábitos. Pero se enamoró y comprendió que no podría hacer uno de los votos. No entendí; eran problemas de gente grande, pero pensé que la muchacha debió parecerse a la palabra liguria y que había volado a su origen porque a todas luces el maestro era soltero. Después de participar en falsas revoluciones que lo decepcionaron,

grow crops and raise cattle. To apprentice under a master craftsman. To work in a government office. To find a job in the big store in order to serve the customers and keep the accounts. To join the music band. To go on journeys with the mule drivers and so learn to be a travelling tradesman. But he was of the opinion that I should continue into higher education. If I stayed in school, the most he could do was to teach me Latin, Greek, a little Hebrew and algebra, in case I eventually wanted to be his assistant. He also asked for me to be brought to his house on Sunday morning, to have a private conversation with me about the matter.

Consternation arose at home. Maybe we can find him a scholarship, there is the uncle who lives in the big town, but it might be better if he stayed with us, you know, the dangers and corruption of the modern world, and he who addeth knowledge addeth pain, oh, and you only raise your children to lose them, and why, he already has a home here and there is always something to do around, why would he go looking elsewhere. But a hasty consternation it was, for the master had anticipated no little the real time of the decision.

For my part, I would have wanted to never make such decisions on this matter, and to stay a child forever in order to pursue my investigations and my secret loves.

Sunday morning I found myself sitting at the master's library. I had never seen it before. It was much larger than the one in my house. I felt embarrassed and honoured. I did not know what to do. The distance between the master and me was vast. I got ready to answer questions as for a difficult exam. But the master did not ask me anything. In some way which even now I cannot fully grasp, he made this distance between us shorter and shorter, until I felt at ease and confident. He told me part of his life. When young he had wanted to be a priest or a monk, and he studied in a seminary almost to the point of taking holy orders. But he fell in love and he understood he could not take one of the vows. I did not understand; these were grown-ups problems, but I thought the young woman must have resembled the word *liguria*, and that she must have flown back to her origin, for the master was quite obviously single. After

escogió la profesión de maestro que lo había hecho feliz. No entendí lo de las falsas revoluciones, pero sentí por él una extraña simpatía y una forma nueva de respeto.

Me habló de sus compañeros de infancia y de las profesiones que tenían ahora. Yo le preguntaba sobre las que no conocía y él me explicaba en detalle. Me impresionó la de uno que se retiró a vivir solo en un monte como ermitaño y la de otro que se fue a un país lejano para hacerse egiptólogo y no volvió más.

En un momento de la conversación contó un incidente graciosísimo y yo cometí la grosería de reírme, pero él se rió también —primera vez que lo veía reír, parecía un muchacho— y me dio tiempo de recuperar mi compostura. El pasó a explicar lo decisivo de la vocación y el talento. La vocación es un llamado, algo que nos atrae y nos interesa por encima de todo lo demás y adquiere para nosotros en lo personal gran valor y gran prestigio.

Entonces ocurrió por primera vez en mi vida un acontecimiento de enorme importancia y trascendencia: le confié al maestro algunos de mis pensamientos secretos y oí sus comentarios.

Cuando salí para volver a casa, no había resuelto nada sobre mi futuro pero no cabía en mí de gozo. En el camino me encontré con el niño pequeño que días atrás había sido iniciado en nuevos juegos y le pregunté a quemarropa: ¿Quieres que te cuente el cuento del gallo pelón? Sonrió complacido al responder: No es que ¿quieres que te cuente el cuento del gallo pelón?, es que si quieres que te cuente el cuento del gallo pelón.

Así no vale —le dije—, ya lo sabes. Y seguí mi camino procurando no pisar las hendiduras de la acera, lo cual me obligaba a dar pasos desiguales.

taking part in false revolutions which let him down, he chose the profession of schoolteacher which had made him happy. I did not understand what he said about false revolutions, but I felt for him a strange sympathy and a new form of respect.

He told me about his childhood friends and about the professions they now had. I asked about those I did not know, and he explained in detail. I was impressed by one of them who retired to live alone on a mountain as a hermit, and by another one who left for a foreign country to become an egyptologist, never to return.

At a certain point of the conversation he recalled an extremely funny incident, and I was rude enough to laugh out loud, but he laughed too—first time I saw him laugh, he looked like a boy—and he gave me time to regain my composure. He went on to explain how crucial vocation and talent were. Vocation is a calling, something that attracts us above everything else, and which acquires for us, on a personal level, great value and prestige.

Then, for the first time in my life, an event of extraordinary importance and transcendence took place: I confided some of my secret thoughts to my master, and I listened to his comments.

When I left to return home, I had not resolved anything about my future, but I was beside myself with joy. Along the way, I bumped into the little child who had been initiated in the new games days ago, and I asked him point blank, "Do you want me to tell you the story of the baldie cockerel?" He smiled with pleasure as he replied, "It's not 'Do you want me to tell you the story of the baldie cockerel?' but if you want me to tell you the story of the baldie cockerel."

It's not fair—I said—now you know it. And I carried on my way trying to avoid stepping on the pavement's cracks, which forced me to take uneven steps.

Claro está que no le conté al maestro ninguna de mis experiencias ni ninguno de mis experimentos; pero cuando habló de la vocación, hablé yo también, espontáneamente, y dije que todas las profesiones se ocupan de las palabras y de las cosas, aunque algunas más de las palabras y otras más de las cosas; las que se ocupan directamente del hombre lo entienden como palabra y como cosa, aunque algunas más como palabra y otras más como cosa, mientras que a mí me interesaban las relaciones entre palabra y cosa, y el origen de los verbos.

Me miró interesado y receptivo. Arrugó el entrecejo cuando dije el origen de los verbos. Yo expliqué que no eran los verbos de la gramática, aunque esos también me interesaban; sino verbo, tal como él nos había enseñado, como sinónimo de lenguaje.

En ese caso, dijo, es mejor decir el origen de las lenguas. Con gran desparpajo expliqué que no me refería al origen de las lenguas, aunque ese tema también me interesaba, sino al origen de los verbos, de los dos verbos únicos: el verbo explícito del hombre y el verbo tácito de la naturaleza. Claro, como el primero se dividía en lenguas, el origen de éstas era capital.

A ver, a ver —me animó con irresistible simpatía levantando las cejas como nunca lo hacía en clase.

El verbo explícito, pronunciado, ordena y organiza todos los asuntos humanos. Vivimos en la palabra.

El verbo implícito organiza y gobierna las cosas. Es distinto del primero porque no se vocaliza. Su discurso ordena en silencio las nervaduras de las hojas, las vetas de las piedras, el cuerpo de los insectos, la caída de la lluvia, el reventar de la centella, los pasos de los astros. El primero trata siempre de abarcarlo, de incluirlo, de decirlo y lo logra, pero de manera incompleta, representativa, provisional; por lo general se conforma con una formulación útil.

El discurso del verbo humano está siempre como experimentando, mientras que el de la naturaleza es firme.

Naturally, I did not tell the master about any of my experiences or my experiments; but when he spoke about vocation, I spoke too, spontaneously, and I said that all professions are concerned with words and with things, though some deal more with words and some with things; those which deal directly with man, understand it as word and as thing, though some treat man more as word, and some more as thing, while I was interested in the relations between word and thing, and the origin of words.

He looked at me with interest and receptivity. He frowned when I mentioned the origin of words. I told him these were not nouns as in grammar, though I had an interest in those too; but the word, as he had taught us, like a synonym of language.

In that case, he said, it might be better to speak of the origin of languages. I had the nerve to explain that I did not refer to the origin of languages, though I was also interested in that topic, but to the origin of words, of the two only words: the explicit word of man and the tacit word of nature. Obviously, since the former was divided in languages, their origin was crucial.

Let's see, let's see—he encouraged me with irresistible sympathy, raising his eyebrows, as he never did in the classroom.

The explicit word, uttered, gives order and structure to human affairs. We live within the word.

The implicit word structures and governs things. It differs from the first one in that it is not vocalised. Its discourse arranges in silence the veins of leaves and rocks, the bodies of insects, rainfall, the clash of thunderbolt, the pace of the stars. The first one is always trying to encompass it, to include it, and it succeeds, but only partially, as in a representation, provisionally; generally it is content with a useful formulation.

The discourse of human word is always experimenting somehow, while that of nature is firm.

Hay un reino intermedio de objetos gobernados por el verbo de la naturaleza y elaborados por el verbo del hombre. Ese es el reino de todas las profesiones.

¿Cómo es posible el acoplamiento de los dos verbos a pesar de la firmeza del segundo y la variabilidad infirme del primero? ¿El verbo humano parece infirme, porque es más grande y móvil, o es dependiente del otro y superfluo? ¿Por qué hay dos verbos y no solamente uno, o ninguno, o más de dos? ¿Los dos verbos proceden de una sola fuente, son variantes de algo único, o bien proceden de dos orígenes diversos? ¿Es que el verbo de la naturaleza se desdobla en el hombre de manera torpe y progresiva; o es que el verbo del hombre se ha convertido ya, desde lo hondo, en verbo de la naturaleza y al aproximarse al otro se aproxima a sí mismo? Además, ¿qué es lo que los verbos ordenan, organizan y gobiernan? ¿Hay materia? Si sí, ¿cuál es su naturaleza? ¿Es la misma para ambos? Si no, ¿son los verbos materiales? ¿O es ilusorio lo que llamamos materia? Las preguntas que formulo son verbales, ¿puedo creer que una investigación de este género logre abandonar la palabra? ¿Son los límites de la palabra los límites de todo lo que existe para mí? ¿Qué soy sin la palabra? ¿Soy palabra? ¿Soy un pequeño discurso del verbo humano así como el gavilán es, sin duda, un pequeño discurso del verbo de la naturaleza, entretejido con miles de otros pequeños y grandes discursos en el habla taciturna del mundo? He ahí las cuestiones que me llaman, ¿cuál profesión corresponde a tal vocación?

Eso fue en substancia, lo que dije; pero no lo expresé de esa manera exactamente. Hice muchos rodeos y repeticiones. Me corregía yo mismo y ensayaba de nuevo. Me contradecía y volvía atrás. En realidad, los pensamientos se aclaraban para mí también a medida que los iba diciendo. Partiendo de un ovillo confuso iba desenredando el hilo.

El maestro mientras tanto me sostenía y animaba con pequeños gruñidos interrogativos y atenuadas exclamaciones de comprensión. Las expresiones de su rostro me seguían y me auxiliaban, me sacaban literalmente de los atolladeros en que me metía y me felicitaban si lograba decir algo con precisión. Pero en ningún caso habló por mí,

There is an intermediate realm of objects governed by the word of nature and fashioned by the word of man. This is the realm of every profession.

How is the coupling of these two words possible, in spite of the firmness of the latter, and the infirm variability of the former? Does the human word seem weak only because it is wider and shifting, or does it depend on the other and is superfluous? Why are there two words and not just one, or none, or more than two? Do both words come from one same source, are the variants of one single something, or do they proceed from two different origins? Is it that the word of nature unfolds within man in a tottering and progressive way; or is it that man's word has already become, and from its core, word of nature, and so when approaching it, it really comes closer to itself? Besides, what is it that the words structure, organize and govern? Is there matter? If yes, what is its nature? Is it common to both? If not, are words material? Or is that we call matter an illusion? The questions I ask are made of words; may I hope that a research such as this will ever do without words? Are the limits of the word the limits of everything that exists for me? What am I without word? Am I word? Am I a little discourse of human word, just as a hawk is, without doubt, a little discourse of nature's word, intertwined with a myriad other smaller and larger discourses of the world's taciturn speech? These are the questions that call to me; which profession corresponds to such calling?

This was, in substance, what I said; though I did not put it exactly in this way. I made many detours and repetitions. I corrected myself and tried again. I contradicted myself and went back. In fact, thoughts became clearer to me as I gave them voice. Starting from an initial tangle, I went unravelling my thread.

The master, meantime, sustained me and encouraged me with little inquisitive grunts and muted signs of understanding. His facial expressions followed me and came to my aid, and literally helped me out from the tight spots I found myself in, and they cheered me if I succeeded in saying something with precision. But in no case did

ni completó mis palabras cuando yo me detenía, ni dio señales de impaciencia.

Cuando me hube saciado de hablar, como los que se sacian de llorar, me quedé callado. El maestro, por su parte, guardó silencio durante largo rato mirando por la ventana hacia el patio de recreo de la escuela, extrañamente vacío y pacífico, añorando tal vez la tribu inquieta y vocinglera de los niños.

Comenzó a hablar muy cuidadosamente como si no hubiera terminado todavía de pensar.

Según él yo llamaba verbo, por una parte, a la palabra hablada, al pensamiento, a los conocimientos, al sentido, a las nociones generales, a los proyectos, a las instituciones, a las costumbres, a las creencias, a las ciencias, a las letras, seguramente también a la escritura y a los procesos lógicos. Pero cada uno de esos acápites designaba un campo diferente de los demás; no era saludable confundirlos en un solo vocablo, a menos de precisar con rigor la unidad así nombrada. Sin embargo —dijo— en griego antiguo hay una palabra que tiene ese alcance; es de suponer que al usarla, los griegos sentían la unidad que yo también sentía al llamar verbo a esa multiplicidad de asuntos diversos.

Por otra parte yo llamaba verbo a la estructura y comportamiento de las cosas naturales todas y al orden cósmico. Había, claro está, una cierta analogía entre las cosas y las palabras de tal manera que la física, la química y la biología eran una gramática de la naturaleza; pero analogía no es identidad; sin embargo, en hebreo clásico el mismo vocablo sirve para designar a las palabras y a las cosas; es de suponer que los antiguos hebreos sintieron el verbo del que yo también hablaba.

Al reino intermedio de objetos naturales elaborados por el hombre, donde confluían los dos verbos, me dijo que lo llamara cultura. (Yo había ocultado y seguía ocultando el nombre mío para ese reino: la región más transparente).

Además, según él, para mí, todo, excepto una posible materia, era verbo, porque aunque distinguía entre el verbo explícito y el verbo

he speak for me or complete my sentences when I stopped, nor did he give any sign of impatience.

When I had satisfied my need to speak, like those who satisfy their urge to cry, I kept quiet. The master, for his part, remained silent a long while, looking through the window towards the school playground, strangely empty and peaceful, longing perhaps for the unruly and loud tribe of children.

He started to speak very carefully, as if he had not yet finished thinking.

According to him, I called word, on the one hand, the spoken word, thought, knowledge, sense, general notions, projects, institutions, customs, beliefs, sciences, literature, probably also writing and logical processes. But each one of these headings designated a domain different from the others; it was not healthy to merge them into one single term, unless I specified rigorously the one notion thus comprised. Nonetheless, he said, there is in Ancient Greek a word which has that range; we may suppose that when using it, the Greeks felt that oneness I felt too, as I called word such a multiplicity of diverse matters.

On the other hand I called word the structure and behaviour of all natural things and the cosmic order. There is, clearly, a certain analogy between things and words, in such a way that physics, chemistry and biology were a grammar of nature; but analogy is not identity; however, in Classical Hebrew the same noun is used to name words and things; we may suppose that Hebrew speakers of old felt that word of which I spoke too.

He told me to call culture that intermediate realm of human-made natural objects, where the two words met. (I had concealed and I kept concealing the name I gave to that realm: the most transparent region.)

Furthermore, according to him, everything apart from a possible matter was for me a word, because although I distinguished between explicit and tacit word, both were word, and so it behoved me to clarify that great unity, and to come to be able to say what was it that I understood as word in itself.

tácito, los dos eran verbo, de modo que me tocaba clarificar esa gran unidad y llegar a poder decir qué entendía por verbo sin más.

Ubicando todas esas preguntas en el tema de nuestro encuentro —la elección profesional—, el maestro me dijo que todas esas inquietudes, si se mantenían a largo plazo, indicaban una clara vocación por la lingüística, las ciencias naturales, la filosofía y la teología. El tiempo lo diría. Y dentro de ese enorme campo de estudio había que elegir más tarde objetivos más estrictos. Me explicó que en el mundo del saber trabajan muchos hombres y se dividen las tareas; pero que al comienzo es necesario familiarizarse con todo el campo, distinguiendo regiones y separando lo ya hecho de lo que falta por hacer, a fin de orientarse en la escogencia de las tareas personales. Inicialmente, pues, los estudios superiores cumplen esa finalidad de información y orientación, luego se participa en la investigación.

Faltaba saber si yo tenía talento. Eso era mucho más difícil de averiguar. A veces sólo el fracaso definitivo daba la respuesta.

Yo dije que prefería fracasar en eso antes que triunfar en cualquier otra profesión. El maestro se rió complacido y le brillaron los ojos.

Decidimos —¡ah, la enormidad de esa primera persona del plural!, yo también decidía y en tan buena compañía— decidimos no decidir nada. No había urgencia. Mientras tanto él me iba a iniciar en el estudio de las lenguas clásicas.

Cuando llegué a la casa, mi hermana menor le estaba explicando a una amiguita que la luz eléctrica es una trampa, en forma de botella, para cazar relámpagos y se usa en países extranjeros como Maracaibo, igual que nosotros metemos luciérnagas en frascos.

Placing all those questions in the context of our conversation—choosing a profession—the master told me that all those concerns, if they persisted in the long term, pointed to a clear vocation for linguistics, natural sciences, philosophy and theology. Time would tell. And within that enormous field of study there would be a need to select eventually more specific objectives. He explained that many people work in the world of knowledge and they divide the tasks; but that at the beginning it was necessary to become familiar with the entire field, distinguishing areas and sorting what has been done from what remains to be done, in order to find a way and choose the individual tasks. Initially, then, higher studies fulfil that objective of information and orientation, to only afterwards allow for participation in research.

We still needed to ascertain whether I had talent. This was much harder to find out. Sometimes only definitive failure gave the answer.

I said I preferred to fail in this rather than succeed in any other profession. The master laughed with delight and his eyes sparkled.

We decided—oh, the enormity of this first person plural! I was deciding too, and in such good company—we decided not to decide anything. There was no urgency. Meanwhile, he would initiate me into the study of the classical languages.

When I got back home, my younger sister was explaining to a friend that electric light is a trap, in the shape of a bottle, to catch lightning, and that it is used in foreign countries like Maracaibo, just as we use to put fireflies in jars.

Con todo, yo no había contado al maestro ninguna de mis experiencias secretas, ni ninguno de mis riesgosos experimentos. Sin embargo, ya era mucho que le hubiera hablado de los verbos, aunque no fuera más que en relación con la elección profesional. Un pudor instintivo me vedaba toda comunicación de lo sagrado. De entrada había asumido mi aventura como algo íntimo, incompartible. La mantenía escondida en mí como se mantiene bajo tierra la semilla cuando se quiere que germine. Como si corriera peligro de destruirla al exteriorizarla.

En realidad, el centro de todo era mi apasionado amor por la palabra y mis tormentosas relaciones con ella. Los descubrimientos y pensamientos eran consecuencia, subproducto, periferia de ese centro que por su naturaleza y con anterioridad a toda reflexión había de ser clandestino y celosamente guardado. Nunca se me presentó la tentación de decirlo y él mismo parecía querer ocultamiento como si sólo pudiera desplegarse en el sigilo.

Por ese entonces comencé a leer indiscriminadamente cuanto libro caía en mis manos. Los adultos me dejaban tranquilo y me aplaudían porque creían que yo me estaba instruyendo. Nada más alejado de la verdad; si me instruía era por añadidura. Lo que había comenzado a fascinarme era la palabra escrita con nuevo encanto recién estrenado.

Siempre me había gustado la lectura; pero después de mis últimas experiencias, había descubierto que el manejo cuidadoso del lenguaje, obligado por la escritura, hacía aparecer el habla cotidiana como jirones, harapos, andrajos de finísimos tejidos cuya esplendorosa calidad sólo se apreciaba plenamente en los libros. En los libros de entonces, pues afortunadamente sólo había clásicos a mi alcance. Después, ya adulto, conocí la basura escrita, mil veces inferior al habla cotidiana; pero para entonces podía reconocerla como tal por contraste.

Lo explicado en los libros —reitero— me interesaba secundariamente. Mi atención estaba dirigida hacia las oraciones, los períodos,

In spite of all, I had not told the master about any of my secret experiences, nor of any of my risky experiments. It was much, anyway, that I had spoken of the words, even if only in the context of professional choice. An instinctive modesty forbade me any communication of the sacred. To begin with, I had assumed my adventure as something intimate, unshareable. I kept it hidden within me as you keep under the ground a seed you want to see sprout. As if I were at risk of destroying it by exteriorizing it.

To be honest, the centre of it all was my passionate love for the word and my stormy relations with it. The discoveries and thoughts were a consequence, a by-product, a periphery of that centre which by its own nature, and prior to any reflection, had to remain clandestine and to be jealously guarded. I never once felt tempted to mention it, and it seemed to crave concealment by itself, as if it could only unfold in secrecy.

Around this time I started reading indiscriminately any and every book that came my way. The adults left me alone and praised me, for they thought I was instructing myself. Nothing further from the truth; if I gained some instruction it was as an added benefit. What had started fascinating me was the written word, with the novelty of a brand new charm.

I had always liked reading; but after my latest experiences I had discovered that the careful handling of language, constrained by writing, made everyday speech look like shreds, tatters, rags of the finest fabrics whose dazzling quality could only be fully appreciated in books. In the books of those times, since fortunately I only had classics at my disposal. Long time after, as an adult, I came to know the written garbage, a thousand times inferior to everyday speech; but by then I was able to distinguish it as such by contrast.

What was explained in the books—I insist—was of secondary interest to me. My attention was turned towards the sentences, the periods, the paragraphs, the chapters, the marvellous parade of

los párrafos, los capítulos, el desfile maravilloso de las palabras, su coordinación y subordinación, su secuencia. El amor ardía en mí, se avivaba y a veces me quemaba. Era algo literalmente horripilante. Sentía escalofríos de fiebre, o lloraba y tenía que interrumpir la lectura para recuperar fuerzas. En pocas ocasiones lograba mantener un fuego lento y prolongado que me calentaba dulcemente el corazón. Por lo general yo no estaba a la altura de la emoción y me hacía daño como una enfermedad.

Comprendí: debía crear una distancia entre las palabras y yo; una distancia que las hiciera soportables o yo sucumbiría consumido por ellas. De alguna manera el sagrado terror de la locura volvía a presentarse. No ya en la amenaza conjurada de la palabra sola, bella, en vuelo libre hacia su origen; sino en el esplendor mismo del discurso coherente, superior a mis arrestos de amador endeble.

El problema era cómo mantenerme en la cercanía de las palabras sin que su belleza se volviera terror, sin que me aniquilara su poderosa presencia.

Tuve suerte. Me llegó por mano del maestro. Según su manera de concebir el aprendizaje de las lenguas clásicas, yo debía comenzar simultáneamente el estudio del griego, del latín y del hebreo. A tal efecto, me prestó los libros que él había utilizado en el seminario. Era mejor así, dijo, porque se podía comenzar desde un principio a hacer comparaciones para descubrir diferencias y semejanzas fundamentales. No me dio explicaciones ni introducciones. Todos los jueves por la tarde me tomaría las lecciones asignadas, palmeta en mano, como siempre. Sentado en mi pupitre individual del aula —ya había llegado a ese nivel— y luego de noche, en mi casa, junto a la lámpara de querosén con la mecha debidamente sacada en luz del día, me enfrenté a mis acrecentadas tareas de estudiante con una sensación de responsabilidad y de importancia personal. Fue así como descubrí una forma de distanciar las palabras y permanecer sin embargo en su cercanía.

Al estudiar esas lenguas, mi propia lengua, en excelente redacción, las servía, de tal manera que las palabras españolas se volteaban hacia las palabras clásicas y éstas, todavía no bien aprendidas,

words, their coordination and subordination, their sequence. Love burnt inside me, flaring up and sometimes scorching me. It was something literally horrific. I felt feverish shivers, or I wept and had to interrupt my reading in order to regain my strength. On a few occasions I was able to hold a slow and steady fire which sweetly warmed up my heart. Usually I was not up to the emotion, and it harmed me like an illness.

I understood: I had to create a distance between the words and myself; a distance which made them bearable, or I would end up consumed by them. In some way, the sacred terror of madness reappeared. No longer in the conjured threat of a solitary and beautiful word flying towards its origin, but in the very splendour of a coherent discourse, far superior to my advances of feeble lover.

The problem was, how to stay in the vicinity of words without their beauty becoming terror, without being annihilated by their powerful presence.

I had a lucky strike. It came through the master's hand. Following his views on the teaching of classical languages, I had to start simultaneously the study of Greek, Latin and Hebrew. With this aim, he lent me the books he had used at the seminary. It was better this way, he said, because you could from the beginning start drawing comparisons, in order to discover basic differences and similarities. He gave me neither explanations nor instructions. Every Thursday afternoon he would examine me on the appointed lessons, as always, with cane in hand. Sitting at my individual desk—for I had now reached that level—and then by night at home, by the kerosene lamp with the wick properly drawn before sunset, I faced my newly increased duties with a feeling of responsibility and personal importance. This is how I discovered a way to keep the words at a distance while remaining near them nonetheless.

When studying these languages, my own language, used in exemplary style, was a servant to them, in such a way that Spanish words turned towards classical words, and these, not yet learnt

quedaban veladas por su extrañeza, su fulgor disminuido por la falta de familiaridad. Claro, las palabras sueltas, aún así podían liberarse y volar raudas a su origen; pero nunca estaban realmente sueltas porque las palabras de mi lengua las acompañaban traduciéndolas y explicándolas. Además, los libros eran muy buenos; se trataba de gramáticas teóricoprácticas con exposiciones seguidas de ejercicios en los cuales se usaban de inmediato todas las palabras nuevas en oraciones completas generalmente tomadas de textos clásicos.

Así, mi propia lengua —debo decirlo de algún modo— se ponía de perfil para mostrarme las lenguas clásicas y éstas de rebote me mostraban aquella bajo una nueva luz. Al mediatizarse mutuamente, su esplendor directo disminuía, se hacía soportable y yo sin embargo estaba cerca de ellas, entre ellas, sintiendo las delicias incomparables de su reverberación.

Pero tan pronto como yo dominaba una lección, los textos se me ponían de frente con refulgencia acrecentada y yo, al presentarse la situación límite, ni corto ni perezoso, pasaba a la lección siguiente. Así también se acabó para mí la palmeta.

Especial impacto produjo en mí el aprendizaje de los nuevos alfabetos, el griego y el hebreo. Cada letra fue una aventura maravillosa. Yo las contemplaba una por una y las vivía muscularmente al hacer ejercicios de caligrafía. Fue mi primer contacto con la pintura. Cada letra era un cuadro, pletórico de significaciones vacías, valga la paradoja; las curvas, los ángulos, los cruces de las líneas, las diferencias de grosor, la puntuación, el efecto de conjunto configuraban un pequeño universo autónomo, cerrado, completo; así, sobre el modelo de la letra, veo aún ahora los cuadros de los pintores. Y luego, la procesión de esos pequeños universos hacia la izquierda o hacia la derecha sobre una página en blanco. Saber que allí ronroneaban las palabras. Mirar una hoja caligrafiada como quien se acerca a una colmena o se oprime contra la oreja una caracola marina. Además, redescubrir el alfabeto de mi lengua como alfabeto latino y ver, otra primera vez, con ojos limpios, esos veintinueve milagros capaces de atrapar y fijar todos mis discursos, capaces de guardar para mí y en-

properly, remained veiled by their strangeness, and their splendour diminished by the lack of familiarity. Certainly, isolated words could still go free and fly swiftly to their origin; but they were never really isolated, for the words of my language kept them company, translating and explaining them. Besides, the books were very good; they were theoretical-practical grammars, with expositions followed by exercises on which you employed without delay all the new words, usually in full sentences excerpted from classical texts.

Thus my own language—I must express this somehow—would stand sideways to usher me into the classical languages, and these in turn would make me see the first one in a new light. By thus mediating one another, their direct brightness was dimmed, it became bearable, but I was still close to them, among them, experiencing the unique delights of their reverberation.

Now, as soon as I completed a lesson, the texts would face me squarely with increased effulgence, and then I hurried, as soon as the utmost limit would begin to appear, to start a new lesson. This is how I also bid farewell to the punishment cane.

Learning the new alphabets, Greek and Hebrew, had a special impact on me. Every letter was a marvellous adventure. I contemplated them, one by one, and I experienced them vitally with my muscles when I did calligraphy exercises. It was my first contact with painting. Every letter was a picture, a plenitude of empty meanings, however paradoxical this may sound. The curves and angles, the crossing lines, variations in width, punctuation, the overall effect configured a tiny autonomous universe, close, complete; thus, it is still on the model of the letter that I appreciate every picture by a painter. Then, there was the procession of these little universes towards the left or the right on the white paper. To know that words where purring there. To look at a calligraphy sheet like the one who approaches a beehive, or the one who presses the ear against a conch shell. Furthermore, to rediscover my own alphabet as the Latin alphabet and to see, for a new first time, with virgin eyes, those twenty-six miracles capable of capturing and fastening my every discourse, capable of treasuring for me, and

tregarme según mi voluntad los buenos decires de hombres ausentes, lejanos o ya muertos. Entendí la vocación de escribas y copistas.

Tres alfabetos para contener y custodiar el tesoro de la palabra, para graduar la aparición de las voces de acuerdo con la intensidad de las fuerzas amatorias, para velar y tamizar la belleza cuando se vuelve deslumbrante y enloquecedora, acercando o retirando la atención, cerrando el libro o el cuaderno.

En esos libros y en mis cuadernos de caligrafía había páginas pantanosas donde acechaban leviatanes y behemot, páginas selváticas donde reptaba la ponzoña de las sierpes y volaba el dardo envenenado de guerreros enemigos, páginas oceánicas donde campeaba la gracia de Anfítrite y resonaba reiterado el bramido sordo interminable de Poseidón, páginas desérticas donde un dios sin nombre declaraba que nadie podía verlo y no morir. Había vastas llanuras pobladas de arbustos amargos y aromáticos, había una sibila desgreñada que enloquecía de divinidad en una cueva sagrada, había profetas. El lucero de la tarde acudía al llamado de una mujer ojos lila, y un sabio ardía por volverse urano mil ojos para mirar su estrella, caída sobre la hierba. Sabor ambrosía, manzanas de oro. Ungüento derramado es tu nombre. Y yo cerrando, entreabriendo, abriendo, entrecerrando.

Escondite perfecto. Nadie sospechó nunca mi secreto. Yo pasaba ante todos como muy estudioso y muy disciplinado.

of delivering at my will the good sayings of absent, distant or already dead men. I understood the vocation of scribes and copyists.

Three alphabets to contain and preserve the treasure of the word, to graduate the appearance of new terms according to the intensity of the forces of love, to veil and filter beauty when it becomes dazzling and it would drive you crazy—by simply applying or turning away attention, closing the book or notebook.

In those books and in my handwriting notepads there were swampy pages infested with lurking leviathans and behemoths, jungle-like pages where snake venoms crawled and the poisoned darts of enemies flew through the air, oceanic pages ruled by the grace of Amphitrite and deafened by the repeated endless dull roar of Poseidon, desert pages where a nameless god declared no one could see him and not die. There were vast prairies inhabited by bitter and aromatic bushes, there was a disheveled sibyl raging with godliness in a sacred cave, there were prophets. The evening star attended the call of a lilac-eyed woman, and a wise man burnt with the desire to become thousand-eyed Uranus and behold his star, fallen on the grass. Flavour of ambrosia, golden apples. Ointment poured forth, your name. And I was closing, half-opening, opening, half-closing.

A perfect hideout. No one ever suspected my secret. In front of everyone I was very studious and very disciplined.

Mientras me dirigía hacia las afueras del pueblo para llevarle una gallina a doña Sofía de parte de mi familia, caí en cuenta de que, en la conversación con el maestro, habían sido omitidas dos profesiones importantes: la de loco y la de brujo.

Ser loco era sin duda una profesión; consistía en asustar y carreriar a los muchachos, inquietar y divertir a los adultos. Con toda puntualidad el loco Heliodoro cumplía su tarea y, a cambio, el pueblo lo mantenía. Ser brujo era sin duda una profesión; consistía en curar enfermedades con ramas y oraciones, librar a casas y personas de males misteriosos. Doña Sofía estaba siempre a la disposición de los que la buscaban para esas tareas y, a cambio, el pueblo la mantenía y la respetaba. Héteme aquí llevándole una gallina por haberle quitado el mal de ojo a mi hermano más pequeño. La de loco había sido omitida quizás porque no era una profesión respetable y la de bruja porque era cosa de mujeres; pero, por una parte, siempre había oído hablar bien de Alonso Quijano que era loco, y por la otra sabía de hombres brujos, pues a veces mandaban a buscar un secreteador para curar las gusaneras del ganado y, cuando venía, la gente aprovechaba para ponerlo a hacer tareas parecidas a las que hacía la bruja y le pagaban.

Decidí preguntarle al maestro. Me dijo secamente que ser loco no era una profesión sino una enfermedad y una desgracia. En cuanto a la brujería se extendió: el más grande mal del hombre es la ignorancia, su remedio es el conocimiento. En un principio, el saber está muy mezclado de fantasía porque el miedo y el deseo movilizan la imaginación; pero en el curso de los siglos se desarrolla la ciencia por observación metódica. La brujería ha sido sustituida por la medicina en el mundo civilizado, lo cual no quita que en la brujería se encuentren importantes conocimientos, aunque mezclados con supersticiones y quizás algunos de ellos todavía no han sido elucidados. En la consideración de profesiones no puede incluirse la locura porque no es profesión, ni la brujería porque no

While I was on my way to the town outskirts, taking a hen to Doña Sophia on behalf of my family, I realised that during the conversation with my master, two important professions had been omitted: madman and sorcerer.

To be a madman was beyond doubt a profession: it implied scaring and chasing the children, and disturbing and amusing the adults. Heliodoro, our madman, discharged his duties with great punctuality, and in return the village looked after him. To be a sorcerer or a witch was beyond doubt a profession: it implied curing people with plants and prayers, to make houses and persons free from mysterious ailments. Doña Sophia was always at hand for those who sought her for these tasks, and in return the village looked after her and respected her. And here I was, bringing her a hen for having cured my youngest brother from the evil eye. It is possible that the profession of madman had been omitted because it was not respectable, and that of witch because it was women's business. Having said this, I had always heard good things about Alonso Quijano, who was a madman; and I knew of men who were sorcerers. Sometimes people sent for the horse whisperer, to cure worm infections among the cattle, and when he turned up, they took the opportunity to ask him to perform tasks similar to that of the witch, and they paid him.

I decided to ask the master. He told me dryly that being mad is not a profession but a disease and a misfortune. Regarding sorcery, he elaborated: the greatest ill for humankind is ignorance; its remedy is knowledge. At the beginning, knowing is heavily mixed with phantasy, because fear and desire stir the imagination; but through the centuries, science is developed by methodical observation. Sorcery has been replaced by medicine in the civilized world, which does not preclude sorcery from keeping some knowledge of importance, though mixed with superstition, and it is possible that some of it has yet to be elucidated. When considering profession, madness cannot be counted because it is not a profession, nor sorcery, because it cannot stand on a par with the higher studies based on science. To

puede figurar entre los estudios superiores basados en la ciencia. Llamar locos a hombres geniales es una metáfora, basada en cierto parecido superficial: sus ideas no son comprendidas por el vulgo en un principio y hacen gala no pocas veces de una peligrosa temeridad; además, algunos hombres geniales se han vuelto locos; pero el genio se conoce por sus creaciones, el loco es estéril. En cuanto a cultivar la brujería como profesión empírica, él no podía darme indicaciones porque la formación de un brujo es desconocida y enigmática; en todo caso no parecía que yo tuviera vocación o talento en esa dirección. Mis intereses y dotes me inclinaban hacia las letras.

Le pregunté qué era superstición. Me dijo que eran creencias falsas y prácticas equivocadas pertenecientes a estadios del conocimiento superados por la ciencia, pero existentes todavía por falta de divulgación científica. Reiteró que no todo en la brujería era superstición y agregó que algunos de sus contenidos pertenecen tal vez al futuro de la ciencia.

A pesar de la inmensa autoridad del maestro, decidí investigar por mi cuenta. Razoné que me apoyaba en sus últimas palabras; pero lo que me guiaba era una fascinación inexplicable. Ya yo había visto algo que el maestro acababa de aclararme indirectamente: la región más transparente no es homogénea. Diferentes configuraciones del verbo humano se superponen, se interpenetran, se imbrican, se repelen. Hay discursos antiguos, discursos recientes, discursos en formación, discursos muertos, discursos aparentemente muertos, todos sobre el discurso múltiple siempre igual a sí mismo, siempre repetido de la naturaleza.

El domingo siguiente hice una visita formal a doña Sofía yo solo. Era delgada, larga y seca. Su risa se parecía al cacareo de las gallinas. Recibía en la cocina donde siempre estaba preparando algún cocimiento. Tenía toda clase de ramas colgadas de los travesaños del techo. Miraba de lado con ojos muy brillantes y amorosos. Siempre me sentí seguro y protegido en su compañía, aunque en su compañía todo se volvía inseguro e inestable: si era de día, las piedras pudieran convertirse en pedazos de sol, si era de noche las estrellas pudieran

call men of genius madmen is a metaphor based on certain superficial likeness: their ideas are not initially understood by the majority, and they are often prone to dangerous temerity; besides, some men of genius have become insane; but genius is known through its creations—the madman is sterile. As for cultivating sorcery as an empirical profession, he could not give me any indications, because the education of a sorcerer is undisclosed and enigmatic; in any case, it did not seem that I had vocation or talent in this direction. My interests and gifts inclined me towards the humanities.

I asked him what superstition was. He told me it was false beliefs and misguided practices belonging to stages of knowledge trumped by science, but still existing due to a lack of scientific information. He repeated that not everything in witchcraft was superstition, and he added that some of its contents belong perhaps to the future of science.

In spite of the immense authority of the master, I decided to investigate on my own. I reasoned that I did so following his latest words, but in reality I was driven by an unexplained fascination. I had already seen something that the master had just made clear indirectly: the most transparent region is not homogenous. Various configurations of the human word overlap, interpenetrate, imbricate, repel each other. There are ancient discourses, recent discourses, evolving discourses, dead discourses, apparently dead discourses, all on top of the manyfold, ever selfsame and repeating discourse of nature.

The following Sunday I paid a formal visit to Doña Sophia, on my own. She was slim, tall and dry. Her laughter resembled the hens' clucking. She welcomed me in the kitchen, where she was busy with a concoction. She had all sorts of herbs hanging from the ceiling crossbeams. She looked sideways, with very bright and loving eyes. I always felt safe and protected in her company, even though in her company everything became unsafe and unstable: if it was by day, the stones could turn into fragments of the sun, if it was night, the stars could fall like dewdrops, if it was twilight, the house could turn into a boat and sail away among the clouds.

caer como rocío, si era crepúsculo la casa pudiera convertirse en barco y bogar entre las nubes.

Era crepúsculo. Con mi trajecito de marinero, sentado seriamente en una pequeña silla de cuero le expliqué y le pregunté: Tengo que escoger profesión. Si yo decidiera ser brujo, ¿qué tendría que hacer?

Cacareó. Te estás yendo, te estás yendo. Solía decir ciertas cosas dos veces. Estás creciendo mucho, vas para cáscara, vas para cáscara. Profesión, oficio, trabajo, cáscara. Eso tal vez se decide. Pero brujo no se decide ser. Brujo es escogido. Brujo es escogido. El basilisco escoge. Germen, grano, tusa, cáscara, mata de maíz, agua de maíz, ¿vas para tusa?, ¿vas para tusa?

La casa despegó y comenzó a elevarse. Si yo hubiera salido, me habría caído desde una gran altura. Por la ventana se veían nubes y zamuros.

Brujo guarracuco siembra maíz. Siete gritos sucesivos. Siete granos por hoyo. Bruja empolla huevos de culebra. Grano: huevo. Tierra: bruja. Bruja: gallina. Escoger profesión. Vas para cáscara. Tierra: gallina. Brujo: bruja. Si no hay basilisco todo queda en culebra y mata de maíz. El cielo se puso color de arepa, color de tortilla, se manchó de baba sanguinolenta, se enroscó y pavoneó. Luego se rasgó como una tela sucia y dejó ver un fondo de terciopelo azul oscuro, limpio azul, azul solo. Comenzó a anochecer. Seguí mirando por la ventana mientras ella hablaba y vi salir el lucero de la tarde, más grande y más brillante que nunca. La casa pareció detenerse a una gran altura.

El brujo aprende a hablar la lengua de los vientos y de las aguas. Aprende sólo a entender la lengua de la tierra. Y aprende a oír, sin hablar y sin entender, la lengua del fuego, aprende a recibirla sin quemarse.

Ya la noche se amontonaba en los rincones, subía por la falda de doña Sofía, ponía espesas telarañas en las ramas que colgaban de los travesaños del techo convertido en abismo negro, hacía naufragar

It was twilight. With my little sailor suit, sitting very earnest on a small leather chair, I explained and asked: "I have to choose a profession. If I decided to become a wizard, what would I need to do?"

She clucked. "You are leaving, you are leaving." She used to say some things twice. "You are growing a lot, on the way to shell, on the way to shell. Profession, craft, work, shell. That may be chosen. But you don't choose to be a wizard. A wizard is chosen. A wizard is chosen. The basilisk chooses. Germ, grain, corncob, shell, corn plant, corn water, are you on the way to corncob? are you on the way to corncob?"

The house took off and started rising. If I had gone outside, I would have fallen from a great height. Through the window I could see clouds and vultures.

"The owl wizard sows corn. Seven consecutive cries. Seven grains in each hole. The witch broods snake eggs. Grain: egg. Earth: witch. Witch: hen. To choose a profession. You are on the way to shell. Earth: hen. Wizard: witch. If there is no basilisk, everything halts at snake and corn plant." The sky turned into the colour of an arepa, the colour of a tortilla, it became tinged in bloody slime, it coiled and swaggered. Then it tore apart like a dirty piece of cloth and revealed a background of dark blue velvet, clean blue, blue alone. Night started falling. I kept looking through the window as she spoke, and I saw the evening star rising, larger and brighter than ever before. The house seemed to stop moving at a great height.

"The wizard learns to speak the language of winds and waters. He learns to understand only the language of the earth. And he learns to hear, without speaking or understanding, the language of fire, he learns how to accept it without being burnt."

The night was already piling up in the corners of the room, it went up the skirt of Doña Sophia, it laid heavy cobwebs on the herb bunches hanging from the crossbeams, now become a black abyss, it made a shipwreck of the blue shades of my sailor suit, and it brought the cauldron with its concoctions right to the centre of everything.

"All things in the world are in the body of man, and the body of

los azules de mi traje de marinero y ponía en el centro de todo el fogón de los cocimientos.

Todas las cosas del mundo están en el cuerpo del hombre y el cuerpo del hombre está en todas las cosas. El brujo aprende a ver, a componer y descomponer. Quita de aquí y pone allá, quita de allá y pone aquí. Este cocimiento es para un hombre que perdió su cedro y gastó su Araguaney porque cuando estaba pequeño le quitaron sus flores de magnolia. No te dejes quitar las flores de magnolia.

Se acercó a la ventana para ver el cielo, después ladeó un poco la cabeza hacia mí, me miró de perfil y yo creí ver en sus ojos el lucero de la tarde quieto y silencioso sobre las móviles y susurrantes llamas del fogón. Se rió como si cacareara y bajó la voz para decir:

El secreto del más grande poder de los brujos está en que saben los nombres verdaderos de algunas cosas. Más nombres verdaderos más poder. Ninguna planta, ningún animal, ningún metal, ninguna piedra, ningún hombre, ningún demonio, ningún ángel, nada ni nadie puede resistir la voluntad del que sabe su nombre verdadero.

Yo me sentía seguro y abrigado en la pequeña silla de cuero. Siempre me pareció que el cuerpo de doña Sofía se extendía más allá de sus límites visibles y formaba un volumen mullido en torno a ella, de modo que al acercármele tenía la sensación de entrar en ella. Esa vez, toda la casa formaba parte de su cuerpo y me rodeaba, me contenía, me abrazaba tiernamente. Al oír sus últimas palabras, me agité y salí de mi cómoda ensoñación, de la apacible quietud de mi escucha, no por lo del poder sino por lo del nombre verdadero que se sumaba ahora a la lengua de los elementos mencionada anteriormente. Quise hacer preguntas, pero ella me hizo esperar con un gesto, mientras apagaba el fogón dispersando los tizones y cubriendo las brasas con ceniza. Todo quedó oscuro, excepto por el lucero de la tarde, más alto y más brillante. Ella encendió una vela de sebo y al hacerlo ancló la casa otra vez en tierra. Se oyeron las cigarras y las ranas. Se sentó entonces y respondió todas mis preguntas primeras, pero las respuestas despertaron otras preguntas

man is in all things. The wizard learns how to see, to compose and to decompose. He takes here and adds there, he takes there and adds here. This concoction is for a man who lost his cedar and wasted his chrysanthus, because when he was a child they took away from him his flowers of magnolia. Don't let your magnolias be taken away from you."

She approached the window to look at the sky, then she tilted her head towards me, looked at me sideways, and I thought I saw in her eyes the evening star, still and silent over the moving and whispering flames of the fireplace. She laughed as if clucking, and she lowered her voice to say,

"The secret of the greatest power of wizards is in their knowing the true names of some things. More true names, more power. No plant, no animal, no metal, no stone, no man, no demon, no angel, nothing and no one can resist the will of he who knows its true name."

I felt safe and sheltered on the small leather chair. I always had the impression that Doña Sophia's body extended beyond its visible contours to give shape to a springy volume around her, such that when I got closer I had the feeling of entering her. This time, her entire house was part of her body, and it surrounded me, containing me and embracing me tenderly. Upon hearing her latest words, I stirred out of my comfortable daydream, out of the peaceful stillness of my listening, not because of the mention of power, but because of the matter of the true name, which was now added to the language of the elements spoken of earlier. I wanted to ask questions, but she made me wait with a gesture, while she poked the fire, moving aside the charred sticks and covering the embers with ashes. Everything went dark, except for the evening star, higher and brighter. She lit a tallow candle, and in doing so she anchored the house back to the earth. I could hear the cicadas and the frogs. Then she sat down and answered all my opening questions, but her answers elicited new questions she did not want to hear because it was too late and she must, she said, take me back home.

We walked in silence till we stepped on the light pouring through

que ella no quiso oír porque era muy tarde y debía, dijo, llevarme a mi casa.

Caminamos en silencio hasta pisar la luz que se derramaba desde las hendijas de ventanas y puertas. En el cielo, redonda como una taza y va conmigo a la casa, la luna llena hacía palidecer todas las estrellas y dejaba brillar al lucero de la tarde solo.

Aquí les traigo a su muchacho sano y salvo. Se está poniendo muy grande, muy visitador y muy preguntón.

the gaps of doors and windows. In the sky, the Man in the Moon looking out of the moon made all the stars look faint, leaving the evening star to shine alone.

"Here I bring your boy safe and sound. He is growing much, and turning into quite a visitor and a questioner."

Doña Sofía, la bruja, tenía una forma de expresar los pensamientos que el maestro no me hubiera aceptado a mí en los ejercicios de exposición oral y mucho menos en los de redacción. Solía decir él que las ideas deben expresarse una después de otra, no varias al mismo tiempo, y que debe seguirse algún orden, cronológico por ejemplo, o de lo simple a lo complejo, o de importancia creciente, o de revelación progresiva. Ella, por el contrario, mezclaba ideas diferentes, decía primero algo que sólo tenía sentido al final, se extendía en consideraciones superfluas, se reía largamente de pensamientos no formulados, exclamaba: ¡El basilisco!, ¡el basilisco!, sin conexión visible con lo que estaba explicando, se interrumpía para contar los incidentes del día o se callaba bruscamente. Hablaba por fragmentos; me tocaba a mí establecer las relaciones y construir el cuadro completo. Lo mismo era con las preguntas. Me respondía la que yo no había hecho todavía. Me las arreglaba preguntando lo ya respondido para saber lo no respondido anteriormente. Al final todo encajaba, pero después de grandes esfuerzos míos. Confieso que me gustaba ese juego, pues como juego lo asumí. Y a ella también, según creo. Esa vez, al terminar la primera ronda de preguntas y antes de rechazar la segunda me dijo: Tenemos tres carabelas, tenemos a Colón; sólo falta doña Isabela.

El hombre es comparable a una mata de maíz. El niño es el grano y, más precisamente, el germen que está en el grano. La tusa son los padres. La mazorca es la familia. El tallo y las hojas son el pueblo; por pueblo entendía los pueblos, las ciudades, las profesiones, los inventos, el gobierno, el Estado y todas las formas de organización social. Las raíces son el origen cíclico de las matas relacionado con su origen último desconocido, escondido en los arcones de la tierra. El grano no es solamente una parte de la mata que puede reproducirla; el grano es lo importante, la plenitud de la mata; todo lo demás está en función del grano. El grano es el sentido único de la mata. Todo lo humano existe por mor del niño, y no como hombre futuro que

Doña Sophia, the witch, had a way of expressing her thoughts that the master would not have accepted from me in my oral presentation exercises, and much less in those of composition. He used to say that ideas must be expressed one after the other, not many at a time, and that an order must be followed, chronological for instance, or from the simple to the complex, or with increase of importance, or as a progressive unfolding. She, on the contrary, combined different ideas, saying first something that only made sense at the end, dwelling at length on superfluous precisions, laughing long at unspoken thoughts, and then she would exclaim: "The basilisk! the basilisk!", without any obvious connection to what she was explaining, and she would interrupt herself to speak of daily incidents, or she would abruptly remain silent. She spoke in fragments; it was up to me to establish the relations and to assemble the whole picture. It was the same with questions. She answered those I had not yet made. I managed by asking what had been answered in order to find out what had not been answered earlier. In the end, everything fit together, but after great efforts from my part. I confess I liked that game, for it was as a game that I assumed it. And she liked it too, according to my impression. On that occasion, when the first round of questions was over, and before refusing the second round, she told me, "We have three caravels, we have Columbus; we only miss Queen Isabella."

Man is comparable to a corn plant. The child is the grain, or more precisely the germ within the grain. The cob is the parents. The ear of corn is the family. The stem and the leaves are the people; by people she meant towns, cities, professions, inventions, government, the state and all forms of social order. The roots are the cyclic origin of plants, related to their unknown ultimate origin, hidden in the coffers of the earth. The grain is not just some part of the plant which is able to regenerate it; the grain is what is important, the fulfilment of the plant; everything else is in relation to the grain. The grain is the one and only intention of the plant. All that is human exists for the sake of the child—not as a future man which needs to

debe ser protegido y educado para que crezca y madure hasta ser pilar de la sociedad, sino por mor del niño en tanto que niño. El niño decae, degenera al crecer y madurar para convertirse en servidor caricaturesco e inconsciente de la plenitud que perdió; como adulto se interesa por la riqueza y el placer, por las ciencias, las artes y la guerra, por la gloria, la comodidad o el poder, por la belleza, la verdad, la justicia; no sabe que es tusa, hoja, tallo de su olvidado centro; se cree llegada y es decadencia, retorno al humus por podredumbre o por fuego.

Por otra parte, el hombre es comparable a una culebra. El niño es el huevo y más precisamente el germen que está en la yema. La yema, la clara y la cáscara son la familia; los adultos más cercanos al niño, sus guardianes inmediatos. La culebra es el pueblo. El germen genera la culebra para subsistir como germen. La culebra existe por mor del germen. Se muerde la cola y vuelve a empezar siempre para que viva el germen.

Es el niño, pues, quien genera a la familia y quien genera al pueblo. La familia y el pueblo se organizan, inventan, producen, consumen, piensan, sueñan, luchan, sufren, gozan y mueren inconscientemente por el niño; pero no son el sentido del niño, sino apenas el medio de que se vale para persistir mientras alcanza su sentido. El sentido del niño es el basilisco. El niño es anhelo de basilisco.

El brujo y la bruja no son guardianes del niño. Son guardianes del pueblo. Son adultos que se han vuelto adultos sin dejar de ser niños, pero sin llegar a ser basiliscos. Conocen al basilisco y conocen el sentido del niño. Protegen al hombre de peligros externos, pues hay seres invisibles que se comen al hombre como nosotros nos comemos el maíz, y hay también seres invisibles que matan al hombre como nosotros matamos las culebras. El mordisco de los primeros se siente en las confusiones y pasiones de la emoción y del pensamiento. El garrotazo de los segundos se siente en las enfermedades y en las guerras.

Los brujos no son tan fuertes como los enemigos invisibles del hombre, pero sí lo suficiente para reducir y mitigar su agresión, y para curar ciertas heridas. Son escogidos por el basilisco entre los

be protected and educated in order to grow up and to mature, and so to become a pillar of society, but rather by love of the child per se, as being a child. The child declines, degenerating when he grows up and matures, and he becomes a caricature and an oblivious servant of that plenitude he lost. As an adult, he is interested in wealth and pleasure, in sciences, arts and war, in glory, comfort or power, in beauty, truth, justice; he does not know he is corncob, leaf, stem of his forgotten centre; he thinks himself an attainment, while being decadence instead—return to the soil by rot or by fire.

From another angle, man is comparable to a snake. The child is the egg, and more precisely the germ inside the yolk. The yolk, the white and the shell are the family, the adults closer to the child, his immediate guardians. The snake is the people. The germ generates the snake in order to endure like a germ. The snake exists by love of the germ. It bites its own tail and begins always anew for the germ to live.

It is the child, then, who generates the family and generates the people. Family and people arrange themselves, and they invent, produce, consume, think, dream, fight, suffer, enjoy and die unconsciously for the sake of the child. They are not the child's intent, though, but merely the means used by him to survive while attaining to his intent. The child's intent is the basilisk. The child is a longing for the basilisk.

The wizard and the witch are not guardians over the child. They are guardians over the people. They are adults who have grown into adulthood without ceasing to be children, but without becoming basilisks. They know the basilisk, and they know the intent of the child. They protect man from external dangers, for there are invisible beings who devour man just as we eat corn, and there are also invisible beings who slaughter man just as we kill snakes. The bite of the former is felt through the confusions and the passions of emotion and thought. The blow of the latter is felt through diseases and wars.

The wizards are not as strong as the invisible enemies of man, but they are strong enough to reduce and mitigate their aggression, and to heal some wounds. They are chosen by the basilisk among

que han logrado mantener contacto con su propia infancia. Son instruidos por él, por él tienen un valor permanente. A algunos confiere la inmortalidad, pero a ninguno la invulnerabilidad. Por fuerza el brujo es un despierto. Ha de velar mientras los demás duermen so pena de incumplir su tarea, lo cual puede llevarlo a perecer víctima de los enemigos externos o del basilisco mismo.

Éste es el discurso que logré reconstruir a la manera del maestro. En respuesta a mi primera ronda de preguntas explicó que todos los basiliscos son el basilisco. Que lo del maíz y la culebra no son dos comparaciones para facilitar la comprensión; el hombre, aunque participa de todo lo que hay en el mundo, es sobre todo maíz y culebra; el basilisco es una culebra de maíz, una culebra alada, una y siete a la vez, en relación de identidad con el lucero de la tarde, es decir, con el lucero de la mañana; por lo menos así lo había visto ella, pero los brujos no pueden ver al basilisco en su plenitud y no morir. Que la bruja no es comparable a una gallina sino una gallina de la parte serpiente en el hombre, así como el brujo no es comparable a un guarracuco sembrador sino un guarracuco de la parte maíz en el hombre; pues hay seres amigos, casi visibles, con esas formas, incorporados al cuerpo de los brujos. Que los brujos se entienden con todos los seres del mundo desde las diferentes partes de su cuerpo y mediante cuatro lenguajes en diferentes niveles de comunicación y con intensidad variable según el grado de poder. Que los brujos de otros países pueden ver al basilisco de manera muy diversa y llamarlo con otros nombres. Que el sentido de todos los demás seres de la naturaleza también es el basilisco. Que todo quedaría en culebra y mata de maíz, en su retorno cíclico comparable, ahora sí, con el retorno cíclico de todas las cosas, todas vacías de no haber basilisco; pero de no haber basilisco no habría nada, pues todo es por mor del basilisco. Que algunos brujos, muy superiores a ella, saben propiciar la conservación de la infancia en los adolescentes y en los adultos; que algunos enseñan incluso a recuperarla.

those who have been able to retain contact with their own childhood. They are instructed by him; thanks to him they have permanent value. To some he confers immortality, but invulnerability is granted to no one. The wizard must perforce be an awaken one. He is bound to watch while the others sleep, lest he forsakes his task, which may bring him to perish as a victim of the external enemies, or of the basilisk himself.

This is the discourse I managed to reconstruct in the master's fashion. Answering my first round of questions, she explained that every basilisk is the basilisk. That corn and snake are not comparisons to make understanding easy; man, though he takes part of everything in the world, is above all corn and snake; the basilisk is a snake made of corn, a winged snake, one and seven at the same time, related by identity to the evening star, that is, to the morning star; this is at least how she had seen it, but wizards are not able to look at the basilisk in its plenitude without dying. That the witch is not *comparable* to a hen, but she *is* indeed a hen belonging to the snake-part of man, just as the wizard is not *comparable* to an owl, but actually he *is* an owl of the corn-part in man; for there are friendly beings, nearly visible, under those shapes, who are assimilated to the body of the wizards. That wizards understand all beings in the world through the different parts of their own bodies, and through four languages in different levels of communication and with varying intensity according to the degree of power. That wizards from other countries are able to see the basilisk in a very different way, and to address it by different names. That the intent of all other beings in nature is also the basilisk. That if there were no basilisk, everything would remain snake and corn plant in their cyclic return, an empty return this time, comparable to the cyclic return of all things, all empty in the absence of the basilisk; but nothing would exist in the absence of the basilisk, for everything is by love of the basilisk. That some wizards, much higher in rank than her, know how to foster the perpetuation of childhood in adolescents and adults; that some of them can even teach how to reconquer it.

Whatever clarity there may be in this exposition is owed to the

La claridad que pueda haber en esta exposición se debe al método del maestro. En realidad yo estaba confundido y no entendía nada. Numerosas dudas e interrogantes se aglomeraban en mi mente; pero cuando quise comenzar la segunda ronda de preguntas, la vela de sebo comenzó a chisporrotear de manera extraña, alternando de prisa gran luz con casi sombra y multiplicando la casa en muchas casas superpuestas que se encajaban y desencajaban las unas en las otras. Fue entonces cuando ella dijo que era tarde, que me llevaría a mi casa, y salimos bajo la noche tranquila con su luna y su lucero hacia las calles del pueblo, rayadas, como una pálida culebra de maíz negro, por las hendijas luminosas de puertas y ventanas.

master's method. In fact, I was confused and did not understand a thing. Several doubts and questions piled up in my mind; but when I wanted to start my second round of questions, the tallow candle started crackling in a strange way, alternating quickly between bright light and almost total shadow, multiplying the house on many superimposed houses which now fit and now did not fit onto each other. It was then when she said it was late, that she would take me home, and we went out under the quiet night with its moon and its star towards the village streets, striped, like a pale snake of black corn, by the luminous gaps of doors and windows.

El brujo aprende a hablar la lengua de los vientos y de las aguas. Aprende sólo a entender la lengua de la tierra. Aprende a oír, sin hablar y sin entender la lengua del fuego, aprende a oírla sin quemarse. Pero su más grande secreto de poder está en saber los nombres verdaderos de las cosas.

No esperé mucho tiempo para visitar de nuevo a doña Sofía. Era domingo, era mediodía. Expresé mi deseo: quería saber más sobre las lenguas del brujo y sobre los nombres verdaderos de las cosas. Se quedó seria, pensó un rato, fue a su cuarto. Después de mucho tiempo salió, me dio una piedra ovoidal brillante como pequeño pedazo de sol y me despidió diciendo: Si no eres ya demasiado viejo, esta piedra te dirá lo que quieres saber. La piedra ardía como fuego, era un milagro que no me quemara los dedos ni el bolsillo.

Por esos días vino al pueblo el secreteador. Me mantuve en su cercanía. Cuando terminó su trabajo le sirvieron café. Se lo tomó lentamente y luego sacó su cajeta de chimó y la abrió. Se puso una pella detrás del colmillo. Entonces yo le hablé y le dije sin preámbulos: Enséñame a secretear. Me miró atentamente, como si me midiera y me pesara, como si me penetrara, como miraba a las vacas antes de secretearlas. Esperó a que se derritiera la pella de chimó y habló después del primer escupitajo. Mientras hablaba le salía del sombrero de cogollo algo así como el grito amortiguado de un guarracuco. Pero no sentí miedo, sólo que no podía sostener su mirada y fijaba los ojos en los botones de hueso de su blusa. Dijo: Si yo te enseñara a hacer sillas y trompos, seguiría siendo carpintero y hasta aprendería más. Si yo te enseñara a cazar, seguiría siendo cazador y cazaría mejor. Si yo te enseñara a sembrar maíz, seguiría sembrando como siempre. Pero si yo te enseñara a secretear no podría volver a secretear jamás yo mismo y serías tú el secreteador. Secretear es algo que no se puede dar y conservar. A mí me toca ser secreteador hasta la muerte. Sólo me es permitido entregar el secreto a un discípulo en el momento de entregar la vida.

The wizard learns to speak the language of winds and waters. He learns to understand only the language of the earth. And he learns to hear, without speaking or understanding, the language of fire, he learns how to hear it without being burnt. But his greatest secret of power is in knowing the true names of things.

I did not wait long to visit Doña Sophia again. It was Sunday, it was midday. I spoke my wish: I wanted to know more about the wizard's languages and about the true names of things. She remained stern, thinking for a while, and went to her room. After a long while, she came back, gave me a shiny ovoid stone, like a little piece of sun, and she sent me away saying, "If you are not too old, this stone will tell you what you want to know." The stone was on fire, it was a miracle it did not burn my fingers and my pocket.

Around those days, the horse whisperer came to the village. I kept close to him. When he had finished his job, they served him some coffee. He drank it slowly, then took out his little box of *chimó* paste and opened it. He placed a pellet behind his canine. Then I spoke to him, and I said without preamble, "Teach me how to whisper." He looked at me carefully, as if he were measuring and weighing me, as if he were piercing me, the way he looked at the cows before whispering them. He waited for the tobacco pellet to melt, and he spoke after the first spit. As he spoke, something like the muted cry of an owl came out from his straw hat. But I was not frightened; I only could not hold his gaze, and I fixed my eyes on the bone buttons of his shirt. He said: if I taught you how to make chairs and spinning tops, I would still be a carpenter, and I would even learn more. If I taught you how to hunt, I would still be a hunter, and I would hunt better. If I taught you how to sew corn, I would continue sewing corn as always. But if I taught you how to whisper, I would never again whisper myself, and you would be the whisperer. Whispering is not something that you can give and keep. I have to be a whisperer until my death. I am only allowed to pass the secret of my whispering to a disciple at the moment of yielding my life.

Su voz y su actitud eran cariñosas y protectoras. El guarra-cu-cu-cu-cu-co amortiguado y en diminuendo de su sombrero de cogollo no me molestaba. Registró su mochila, sacó un trompo con guaral y me lo dio, después de otro escupitajo lateral, diciendo: Si no eres ya demasiado viejo, éste podría enseñarte a secretear.

Conservo hasta hoy día los dos objetos mágicos que tanto me enseñaron más tarde; pero en ese entonces fueron eclipsados por dos acontecimientos secretos que dieron a mi mundo interior una movilidad nueva y determinaron mucho de lo que hice después con mi vida.

El primero ocurrió en ocasión de la visita de un naturalista extranjero. Cuando regresé a casa después de la conversación con el secreteador, encontré dos mulas atadas junto a la puerta, una cargada, otra de silla, y en la sala mucha gente reunida alrededor de un hombre rubio que tenía una lupa colgada del cuello. Además de mis familiares todos, estaban los vecinos, incluyendo los niños, el jefe civil y el maestro. Algunos le hablaban en voz alta creyéndolo sordo, alguien le servía café. Él sonreía, daba las gracias con extraño acento, se hacía repetir las preguntas varias veces, respondía con dificultad y lentitud; en realidad no lograba entender ni hacerse entender.

El maestro me explicó solemnemente: Es un científico. Trae cartas de identificación y recomendación del Gobierno nacional y de la Universidad Central. Viene a investigar la flora local. Está trabajando en el campo de la sistemática botánica. Habían decidido que se hospedara en mi casa, le estaban arreglando mi dormitorio; a mí me pondrían en el cuarto de un hermano. Habían decidido también que, en sus numerosas excursiones a pie para observar la vegetación y tomar muestras, lo acompañarían siempre dos personas: un baquiano muy conocido por todo el mundo en la región y yo (!). Yo, porque podría hablar con él en latín.

Yo estaba atónito. Antes de que saliera de mi asombro, antes de que comprendiera la nueva situación, el maestro me dijo, con la voz y la cara que ponía cuando hacía exámenes:

Preséntate en latín e infórmale en latín sobre estos arreglos.

His voice and his attitude were loving and protecting. The muted and fading hoot-hoot-hoot of the owl in his hat did not annoy me. He searched his bag, took out a spinning top with its cord and gave it to me, after spitting sideways again, saying, "If you are not already too old, this might teach you how to whisper."

I keep with me until this day the two magic objects which would teach me so much later; but at that time, they were eclipsed by two secret events which gave my inner world a new mobility, and which determined much of what I did with my life later on.

The first took place on occasion of the visit of a foreign naturalist. When I returned home after my meeting with the whisperer, I found two mules tied by the door, one loaded and one for riding. In the lounge, there were many people gathered around a blond man who had a magnifier hanging from his neck. Besides all my family, there were the neighbours, including children, the mayor, and the master. Some spoke to him in a loud voice, thinking he was deaf, some were offering him coffee. He smiled, gave thanks with a strange accent, asked to have questions repeated several times, answered with difficulty and slowly; actually, he could neither understand nor make himself understood.

The master explained to me solemnly, "He is a scientist. He brings identity cards and recommendations from the national government and the Universidad Central. He comes to study the local flora. He is working in the field of botanical systematics. They had decided he would lodge in my house; they were preparing my bedroom for him, and I would move to my brother's bedroom. They had also decided that on his numerous outings on foot to observe the plants and to take samples, two persons would always keep him company: a well-known expert guide of our region, and myself (!). I, because I would be able to speak with him in Latin.

I was astonished. Before I could overcome my surprise, before I had understood the new situation, the master told me, with the voice and the face he put on for exams,

"Introduce yourself in Latin, and inform him in Latin about these arrangements."

Yo había terminado de estudiar las gramáticas teórico-prácticas, es cierto, y hasta las había repasado; estaba leyendo bajo la dirección del maestro la Anábasis de Jenofonte, unos discursos de Cicerón y el Pentateuco; pero estaba muy lejos de dominar esas lenguas como para hablarlas. Mi conocimiento era pasivo; se limitaba a reconocer y comprender los textos. Había hecho numerosas traducciones y versiones de ejercicios, pero por escrito. Además esas eran lenguas muertas, yo no sabía de ningún país donde se hablaran, de tal manera que en mi horizonte nunca había aparecido antes la posibilidad de utilizarlas oralmente en una conversación.

Me paré, temblando, ante el sabio y comencé a tartamudear, pero pronto me di cuenta de que no era tan difícil la prueba, de que podía decir lo que se me había encomendado y terminé con gran seguridad.

El primer sorprendido fui yo, luego el sabio que prorrumpió en una exclamación bárbara antes de intentar él también expresarse por ese medio inesperado. Los demás enmudecieron, excepto el maestro que me corrigió un accusativus cum infinitivo mal empleado y la palabra pagus en vez de rus.

Muy bien sabía el maestro que el científico había estudiado ocho años de latín y seis de griego en la escuela media y que los botánicos redactan sus informes en latín. Muy bien sabía yo que el maestro había aprovechado la insólita ocasión para someterme a examen, pero ¿también tal vez para exhibir al discípulo? En todo caso me había tocado el papel del gallo enmochilado que algún aldeano prepara en secreto y sólo saca cuando un fuereño viene a dominar la gallera.

Siguieron meses de mucho ajetreo. El científico me manifestó su deseo de aprender bien el español y me propuso intercambio de clases para que yo, a mi vez, aprendiera alemán. Acepté complacido. A partir del latín y a veces del griego estudiábamos todos los días en la casa con diligentes cuadernos a la luz de la lámpara de querosén o en el campo, bajo la luz de las estrellas que imponían el uso de la voz sola.

A todas estas, un placer secreto me calentaba el corazón. No era el

It is true that I had completed my study of the theoretical-practical grammars, and I had even revised them; I was reading, under the master's guidance, Xenophon's *Anabasis*, some speeches by Cicero, and the Pentateuch; but I was very far from mastering those languages enough to be able to speak them. My knowledge was passive; it was limited to recognising and understanding texts. I had made numerous translation and version exercises, but in writing. Furthermore, these were dead languages. I knew of no country where they were spoken, and so it had never before come within my horizon the possibility of using them orally for conversation.

I stood up, trembling with fear, in front of the wise man, and I started stuttering, but I soon realised that the task was not so difficult, that I was able to say what had been asked of me, and I finished with great confidence.

The first one to be surprised was I myself, then the scientist, who erupted in a tremendous exclamation before attempting to reply himself by these unexpected means. All the others were dumbstruck, except the master, who corrected me an *accusativus cum infinitivo*, and the use of *pagus* instead of *rus*.

The master knew full well that the scientist had studied eight years of Latin and six of Greek in secondary school, and that botanists write their reports in Latin. I knew full well that the master had used the unheard-of opportunity to put me to the test, but maybe also to showcase the disciple? In any case, I had played the role of secret weapon, like the cock kept in a bag, reared in secret by a villager and only brought to the fight when an outsider wants to rule the ring.

Months of intense activity followed. The scientist told me of his wish to learn Spanish well, and he proposed an exchange in order for me to learn German in turn. I accepted with pleasure. Communicating in Latin, and sometimes in Greek, we studied every day in my house, with diligent notebooks, by the light of the gas lamp, or in the field under the stars, which forced us to rely on the voice alone.

In the middle of all this, a secret pleasure warmed my heart. It

prestigio adquirido con mi hazaña involuntaria. No era el gozar de ciertos privilegios en la casa. No era el encanto de esas excursiones por los campos. No era la compañía enaltecedora y educativa del ilustre científico en una estrecha relación amistosa. No era el aprendizaje apasionante de una lengua viva hablada actualmente por millones de personas, ni el hecho de enseñar algo a un sabio. Todas esas cosas me complacían sobremanera, pero el placer secreto que me calentaba el corazón provenía de algo ocurrido en mi interior durante mi primera y modesta actuación como intérprete; algo que había sido ocultado por las emocionantes circunstancias del momento y por sus repercusiones, algo que descubrí lenta, cuidadosamente, como se descubre, apartando los pétalos, el tronco de rojizas escamas que sostiene el ovario de la magnolia: en el instante mismo de decir torpemente *Salve atque vale, vir clarissime; magister meus vult me tecum latine loqui...*, en ese mismo instante descubrí una profesión compatible con mi vida íntima, adaptada a mi problemática relación con las palabras, la profesión de traductor e intérprete.

Tal profesión me liberaría de todo compromiso personal con los significados y me pondría en una relación lateral con las palabras. Sirviendo a otros en su necesidad de comunicación interlingüística, podría acariciar la carne de las palabras, respirar su aroma, acompañar su danza sin que su esplendor me cegara, pues ellas por su parte estarían cumpliendo la tarea que les corresponde y yo, a mi vez, la mía, sostenido por la expectativa y la voluntad de los otros. Así, su potencial erótico podría equipararse a mi pequeña pero implacable lujuria verbal que soñaba ya ladinamente con la lengua de los elementos y osaba querer secretear el nombre verdadero de las cosas.

was not the prestige acquired through my unwitting feat. It was not enjoying of certain privileges at home. It was not the charm of those outings through the fields. It was not the uplifting and instructive company of the illustrious scientist in a close friendly relation. It was not the thrill of learning a living language used everyday by millions of people, nor the fact of teaching something to a wise man. All these pleased me enormously, but the secret pleasure which warmed my heart came from something that took place inside of me during my first and modest intervention as an interpreter; something that had remained veiled by the exciting circumstances and by their repercussions, something that I discovered slowly, delicately, just as you discover, by removing the petals, the red scaly trunk which holds the ovary of a magnolia. At the very instant of clumsily uttering: *Salve atque vale, vir clarissime; magister meus vult me tecum latine loqui...*, at that very moment I discovered a profession compatible with my intimate life, suitable for my troubled relation with words, the profession of translator and interpreter.

Such profession would free me from every personal commitment with meanings, and it would put me on a lateral relation to words. By helping others in their needs of multilingual communication, I would be able to caress the flesh of words, to breathe their aroma, to follow their dance without being blinded by their splendour, since they would be accomplishing their appointed task and I, in turn, would be accomplishing mine, supported by the expectations and the will of others. In this way, their erotic potential might stand on a level with my small but relentless verbal lust, which was already cunningly dreaming of the language of the elements, and which dared aspire to whisper the true name of things.

Ese acontecimiento interior determinó mi vida exterior. Liceo, universidad, postgrados como preparación cuidadosa para una profesión que luego ejercí fanáticamente. Nunca me cansé de aprender nuevas lenguas, ni nunca rechacé largos trabajos en un principio mal pagados. Llegué a ser el mejor intérprete simultáneo en el mayor número de idiomas, y no lo tengo a orgullo porque no era una voluntad de servicio o de excelencia lo que me sostenía, sino la necesidad de compensar mi falta de firmeza, mi infirmidad, ante las palabras. Logré tal compensación, debo reconocerlo, gracias a esa profesión; pero debo decir también que tuvo su martirio: en primer lugar, me apartó de mi pueblo, donde no había espacio para ella, y de los míos, que no podían compartirla, y me llevó a grandes ciudades extranjeras donde no había magnolias, y a grandes asambleas donde nunca brilló el lucero de la tarde que es el mismo lucero de la mañana. En segundo lugar, todo políglota es, de alguna manera, un monstruo; como tal inspira respeto temeroso o risa burlona, y cuesta acostumbrarse a ser espantajo ridículo.

Pero si ese acontecimiento interior, al determinar la escogencia de una profesión adecuada, hizo compatible mi vida íntima con un trabajo socialmente aceptado y la equilibró de una manera que yo quiero llamar horizontal, otro acontecimiento, interior también y casi simultáneo, en ocasión de la misma visita del sabio, me produjo una movilidad diferente, no relacionada con el quehacer mundano y de orden —así me gusta decirlo— vertical y en escalera.

La familiaridad, más, la casi obligada intimidad durante las excursiones, cierta afinidad natural, el hecho de ser yo su único interlocutor la mayor parte del tiempo y el intercambio de enseñanza lingüística cimentaron una sólida amistad entre el sabio y yo, respetuosa siempre por mi parte y condescendiente pero sincera de su lado. Mientras progresaba el aprendizaje, mis preguntas lo maravillaban y entusiasmaban, no sé por qué; llegó a proponer a mis padres que me dejaran ir con él a Alemania. Sus preguntas, referidas a las cosas más obvias de nuestra vida en la aldea, me asombraban

This internal event determined my external life. Secondary school, university, postgraduate studies, all as meticulous preparation for a profession which I eventually exercised fanatically. I never got tired of learning new languages, and I never refused initially poorly paid lengthy jobs. I came to be the best simultaneous interpreter in the largest number of languages, and I do not boast, since it was not owed to a sense of duty or a drive for excellence, but to the need to compensate my lack of firmness, my infirmity, in relation to words. I obtained such compensation, it is true, thanks to my profession, but I must also say that it brought a share of affliction: in the first place, I was driven away from my village, where there was no place for such an occupation, and from my people, who could not share in it, and it took me to big foreign cities where there were no magnolias, and to great assemblies, where that evening star never shone which is the very same morning star. Second, every polyglot is in a certain way a monster; as such he inspires fearful respect or sneering laughter, and it is hard to accept being a frightening laughing-stock.

Now, this inner development, by determining the choice of a suitable profession, made my intimate life compatible with a socially accepted role, and it thus balanced my life in a way I might call horizontal. But there was another event, internal also, and almost simultaneous on occasion of the same visit by the learned man, which brought about a different mobility, unrelated to mundane affairs and—as I like to put it—of a vertical order, stairway-like.

The familiarity, more even, the almost necessary intimacy during the excursions, a certain natural affinity, the fact that I was his only interlocutor most of the time, and the exchange of linguistic teachings lay the foundations of a solid friendship between the wise man and myself. It was always respectful from my side, and condescending but sincere from his. As I made progress learning, my questions filled him with wonder and enthused him, I don't know why. He even offered to my parents to take me with him to Germany. His questions about the simplest things of our life in the village astonished me, and made

y me hacían ver a éstas bajo una nueva luz; llegué a presentir que toda costumbre humana puede resultar extraña cuando cambia la mirada.

Una vez me habló largamente y con gran veneración de dos hombres, muertos mucho antes de que él naciera, dos hombres que habían sido sus Dioscuros en la adolescencia, dijo, cuando es tan fácil naufragar y él, en particular, naufragaba. Eran los hermanos Alejandro y Guillermo de Humboldt, el uno sobre todo naturalista, el otro sobre todo lingüista. Yo conocía un poco al primero; mi maestro había citado varias veces su Viaje a las Regiones Equinocciales del Nuevo Continente. Del segundo no había tenido hasta entonces la menor noticia.

Mucho me volvió a hablar de ellos en otras ocasiones, pero yo, la atención parcializada por secretos intereses, sólo retuve, en cuanto al primero, que utilizaba un sistema clasificatorio distinto al suyo que era evolucionista; y, en cuanto al segundo, que las lenguas difieren según él respecto a la forma interna y que ésta pudiera explicar en mucho las diferencias morfológicas, sintácticas y fonéticas.

Sobre esos dos puntos se agolparon durante varios días mis preguntas como se concentran las migratorias garzas en los ojos de agua de la sabana. ¿Por qué él no seguía el mismo sistema de Alejandro de Humboldt? ¿No valía lo que éste hizo? ¿La ciencia es algo que se está haciendo y deshaciendo? ¿No valdrían más tarde sus propios estudios? ¿Qué es forma interna? ¿Hay un lado de toda lengua que no puede ser traducido a las formas externas de otra lengua? Si la ciencia se hace con palabras, ¿tendría la ciencia la forma interna de la lengua usada, una secreta intimidad inaccesible a las otras lenguas o, al menos, inadecuada a la intimidad propia de éstas?

El tratar tales temas exigió violentos esfuerzos a nuestro aprendizaje lingüístico y aceleró nuestro progreso por el ahínco que poníamos. Con disciplina férrea hablábamos un día español y otro en alemán alternando. Los dos disfrutábamos la tarea y nos emulábamos el uno al otro. Mi manera de preguntar era desordenada y vehemente, a veces inoportuna. Su manera de responder sosegada, organizada

me see these in a new light; I came to think that any human custom may turn out to be alien when the outlook is changed.

Once he spoke to me at length and with great veneration of two men, long dead before he had been born. Two men who had been his Dioscuri through adolescence, he said, when it is so easy to capsize and when he, in particular, was capsizing. They were the brothers Alexander and William von Humboldt, one mostly a natural scientist, and the other mostly a linguist. I knew something about the first one: my master had quoted a few times his *Personal Narrative of Travels to the Equinoctial Regions of the New Continent.* Of the second one I had not had until then the least notice.

He spoke to me again about them, and at length, on several occasions. But as my attention was turned towards my secret interests, I only retained that the first one made us of a classificatory system different from his, which was evolutionist; and about the second, that languages differ, according to him, in relation to their inner form, and that this might explain many of their morphological, syntactic and phonetic differences.

For several days my questions revolved around these two latter points, like the migratory cranes grouping around the pools in the savannah. Why did not he follow Alexander von Humboldt's system? Was what he did not worthy? Is science something you keep doing and undoing? Would his own studies not be valuable later on? What is this inner form? Does every language have an aspect which cannot be translated into the outer forms of another one? If science is made up of words, would science have the inner form of the language used, a secret kernel inaccessible to other languages or, at least, ill-adapted to their own inner kernels?

Discussing such themes demanded forceful efforts from our linguistic endeavours, accelerating our progress through our redoubled determination. With iron discipline we would switch from speaking Spanish one day to speaking German the next. We both enjoyed the task, and we emulated one another. My way of asking questions was unruly and impassioned, inappropriate at times. His way of answering was calm, structured in logical sequences, sometimes of an

en secuencias lógicas, a veces de minuciosidad exasperante, con interrupciones para clarificar dificultades de vocabulario en su gran Wörterbuch. Ejemplar hubiera considerado mi maestro su modo de exponer.

Resumí por escrito mi comprensión de sus explicaciones sin poder reproducir ni de lejos la coherencia que lo caracterizaba aun en esas conversaciones familiares, obstaculizadas por el dominio aún insuficiente del español por parte suya y del alemán —tal vez del español también— por parte mía:

Cada lengua es un retrato del mundo. En ella las cosas están nombradas, clasificadas, interpretadas, valoradas. En ella tiene el hablante las indicaciones necesarias y suficientes para orientarse, sobrevivir, actuar y realizarse en el mundo así retratado.

Pero cada lengua es también un retrato del pueblo que la habla. En ella los sentimientos, costumbres, prejuicios, creencias, instituciones, actitudes, aspiraciones —los resultados de la milenaria experiencia colectiva— están nombrados, clasificados, interpretados, valorados. Con ella recibe cada nueva generación los códigos que han de constituirla y la gama de elecciones posibles según la estructura del retrato.

Ahora bien, los dos retratos son uno solo. Y la forma interna es la unidad de fondo no discernible en las partes ni en el todo como algo particular, pero presente en todas las partes y en el todo como aquello que articula y confiere individualidad, singularizando cada lengua, vale decir cada comunidad lingüística, ante las demás.

Pero hay muchas lenguas, muchos retratos, ¿cuál es el verdadero, cuál representa fielmente al hombre y al universo? Todos en alguna medida, de otra manera no sobrevivirían las comunidades. Ninguno en plenitud como lo muestra la pluralidad de perspectivas, la diversidad de los prejuicios, la imposible fundamentación unitaria de sus contenidos, la impotencia ante problemas prácticos.

La ciencia rompe ese estado de cosas e intenta lograr una representación universalmente válida del mundo y del hombre. Para ello crea un lenguaje propio con una terminología que pretende ser inequívoca. Su sintaxis es la metodología diseñada conscientemente y

exasperating detail, with interruptions to clarify any doubts in his large Wörterbuch. Exemplary—that is what my master would have said of his exposition method.

I summarised in writing my understanding of his explanations, without being able to achieve, even by far, the coherence which characterized him even in those familiar conversations, limited as they might still be owing to an as yet imperfect mastery of Spanish on his part, and of German—and perhaps of Spanish too—in my case.

Each language is a portrait of the world. Within it things are named, classified, interpreted, appraised. Within it the speaker finds necessary and sufficient indications to find orientation, to survive, to act and to achieve realisation in the world thus portrayed.

But each language is also a portrait of the people speaking it. Within it the feelings, customs, prejudices, beliefs, institutions, attitudes, aspirations—the results of unending collective experience—all are named, classified, interpreted and appraised. With it every new generation receives the codes which shall constitute it, and the gamut of possible choices according to the structure of the portrait.

Now, the two portraits are really only one. And the inner form is the background unity indiscernible as something particular in the parts and also in the whole, though present in all parts and in the whole like that which articulates and confers individuality, singling out each language, or rather each linguistic community, before the others.

But there are many languages, many portraits. Which one is the true one, which is the one that faithfully represents man and the universe? All in some measure, otherwise communities would not survive. None fully, as is shown by the plurality of perspectives, the diversity of prejudices, the impossibility of a unified groundlaying for their contents, the powerlessness when facing practical problems.

Science breaks such state of affairs and attempts to reach a universally valid representation of world and man. In order to do this, it creates its own language, with a terminology that claims to be unequivocal. Its syntax is methodology, designed consciously and

siempre puesta a prueba de nuevo; la forman tres grupos de métodos: métodos para adquirir conocimientos, métodos para organizar los conocimientos adquiridos y métodos para explicar los fenómenos estudiados, que se llaman respectivamente heurística, sistemática y etiología.

Todo el trabajo científico está orientado por grandes teorías, retratos provisionales adaptados al estado del conocimiento y verosímiles, cuyo valor principal consiste en facilitar el despliegue de los tres grupos de métodos. Cuando se descubren hechos nuevos incompatibles con la teoría o no pueden organizarse ni explicarse recurriendo a ella, entonces ella debe ser sustituida.

Los retratos del lenguaje científico cambian, pues, pero hacia adelante, hacia una mayor y mejor comprensión del universo y del hombre, lo cual permite aplicaciones más eficientes a la solución de problemas; esto último se llama tecnología. Ese cambio hacia adelante es el progreso indefinido, indefinido porque no sabemos cuándo llegará a su plenitud. Algunas de las teorías que orientaban el trabajo de los hermanos Humboldt han sido sustituidas por otras mejores; pero los resultados obtenidos por ellos se conservan, articulados en las nuevas concepciones bajo una luz diferente.

La forma interna del lenguaje científico es la razón; pero no la razón tal como se ha configurado en las racionalidades particulares de las diferentes lenguas, sino la razón humana universal, la razón pura, tal como ha sido puesta al descubierto por los grandes filósofos, a quienes compete también la fundamentación unitaria de las ciencias, de su lenguaje —pues la ciencia se ha dividido en ciencias debido a la enormidad de su tarea—, para que no estén dispersas y perdidas en el mundo.

La historia de cada pueblo se enreda en conflictos a menudo trágicos y no parece apuntar hacia ninguna parte. La historia del progreso científico y de su aplicación a la sociedad, en cambio, permite soñar despierto una humanidad futura unificada y feliz.

Resulta ahora claramente comprensible cómo los Dioscuros Alejandro y Guillermo dieron sentido salvador a la vida de un adolescente en zozobra.

always put to the test. Three groups of methods make it up: methods to acquire knowledge, methods to organize the knowledge acquired, and methods to explain the phenomena already studied—they are called heuristics, systematics, and aetiology.

All scientific work is guided by major theories, provisional portraits adapted to the state of knowledge, and plausible. Their main value is to allow for the deployment of the three groups of methods. When new facts are found which are incompatible with the theory, or when they can neither be organized nor explained by it, then it must be replaced.

And so, the portraits of scientific language do change, but they do so onwards, on the way to a more comprehensive and better understanding of the universe and of man, which in turn makes possible more efficient applications for the solution of problems; this latter is called technology. This forward-going change is endless progress, endless because we do not know when it will achieve its completion. Some of the theories which guided the work of the Humboldt brothers have been replaced by better ones; but the results obtained by them are preserved, articulated within new conceptions under a different light.

The inner form of scientific language is reason; though not reason as it has been configured in the particular rationalities of different languages, but universal human reason, pure reason, as it has been laid bare by great philosophers, within whose ken lies also the unified groundlaying of the sciences, of their language—for science has split in sciences due to the enormity of its remit—so that they are not disperse and lost around the world.

The history of each people becomes wrought in often tragic conflicts, and it does not seem to head in any direction. The history of scientific progress and of its application to society, instead, makes it possible to daydream about a future unified and blissful humanity.

It is now clearly understandable how Dioscuri Alexander and William gave saving meaning to the life of a floundering adolescent.

Hasta aquí mi escrito. Recuerdo que disfruté mucho escribiéndolo, poniendo en palabras, a la manera de mi maestro, el resultado de muchas sesiones de preguntas y respuestas entre las espinas de la rosa enseñanzaaprendizaje. Se lo leí una tarde de domingo en el patio de la magnolia. Me felicitó calurosamente aunque no dejó de observar que era una aproximación inicial, por lo tanto superficial y que yo sin duda profundizaría en el asunto más tarde cuando hiciera estudios superiores.

Pero ya yo había dejado de interesarme por todo eso, tal vez nunca me interesó realmente; por lo menos en esos términos. Sin embargo, a través de esas consideraciones se había abierto paso en mi interior, hasta aclararse definitivamente, un descubrimiento muy importante: el segundo de los dos acontecimientos secretos que determinaron el curso de mi vida. Esto era lo que prestaba interés a aquello.

No volvimos a hablar de esos temas. Yo le ayudaba modestamente en el arreglo de sus muestras y de sus apuntes; ya no me necesitaba como intérprete. Me regaló su lupa.

Llegó un día la noticia de que su país se había lanzado a una guerra de grandes proporciones y él tuvo que partir antes de lo planificado. Cuando me dijo por última vez Auf Wiedersehen desde su mula, le respondí Salve atque vale, vir clarissime, y se me aguaron los ojos. Cuando desapareció en el primer recodo del camino hacia un destino incierto, yo, que no sabía de separaciones, me sentí rodeado de un gran vacío y no encontraba a dónde ir.

Thus far with my writing. I remember I enjoyed writing it, putting into words, in the style of my master, the results of many question and answer sessions among the thorns of the rose of teaching-learning. I read it to him one Sunday afternoon in the yard, near the magnolia. He congratulated me warmly, though not without pointing out that it was a first approach, therefore superficial, and that I would undoubtedly go deeper into the matter later, when I did my higher studies.

But I had already lost interest on all that, or perhaps it never did interest me really—at least on those terms. Nonetheless, thanks to these reflections a new discovery had opened up inside me and become very definitely clear; a very important discovery: the second of the two secret events which determined the course of my life. This is what lent an interest to all the rest.

We did not speak again of these themes. I helped him modestly in the arrangement of his samples and his notes; he no longer needed me as an interpreter. He presented me with his magnifier.

One day the news arrived that his country had engaged in a war of great proportions, and he had to leave ahead of schedule. When he said for the last time *Auf Wiedersehen* from his mule, I replied *Salve atque vale, vir clarissime,* and tears clouded my eyes. When he went out of sight after the first curve down the road, on his way to an uncertain fate, I, who knew nothing of separations, felt a huge emptiness around me, and I could not find where to go.

El segundo acontecimiento latía ya en mis primeros estudios elementales de gramática, como un grano de maíz enterrado. Así lo veo cuando indago su origen. Pero necesitaba tiempo para crecer, manifestarse y alcanzar la importancia que llegó a tener para mí. Yo, a mi vez, necesitaba una circunstancia favorable para descubrirlo y esa fue la visita del naturalista alemán con sus disquisiciones sobre teoría científica. Ciertos aconteceres son de lento efecto y lenta es nuestra manera de comprender su alcance; acaso muramos sin haber cobrado plena consciencia de algunos.

La gramática es, es verdad, un discurso acerca del lenguaje, un lenguaje segundo pudiera decirse. Al hacer gramática me instalo en otro nivel, divido el lenguaje en dos: el discurso ordinario y el discurso acerca del discurso ordinario, con lo cual paralizo a aquél, lo convierto en objeto y procedo a descomponerlo, a definir las partes, a formular las leyes de sus relaciones.

Ya instalado en ese nivel, puedo emprender desplazamientos horizontales hacia las gramáticas de otras lenguas, hacia las gramáticas de una misma lengua hechas en diferentes épocas, hacia la posibilidad de una gramática universal aplicable a todas las lenguas.

Yo había dado ya ese paso en retroceso como quien se monta hacia atrás en un peldaño para mejor ver el sitio donde estaba parado antes. Lo había dado de la mano del maestro. Ahora lo comprendía con las explicaciones del naturalista sobre la ciencia en general. Pero, tratándose del lenguaje como objeto de la ciencia, el asunto cobraba para mí una significación muy particular: era la forma vertical de distanciar las palabras y sin embargo mantenerme en su cercanía de frente y desde arriba; así como aprender lenguas, traducir y ser intérprete era la forma horizontal de lograr lo mismo lateralmente. Ésta se desplegaría para mí como profesión, en mis relaciones con los demás; aquélla en soledad.

De frente y desde arriba pero con la gramática de por medio, yo atenuaba la fuerza del habla ordinaria y sobre todo de la poesía poniéndolas de objeto, con lo cual lograba un goce en cierto modo

The second event was already hiding in my first elementary studies of grammar, like a buried grain of corn. This is how I see it when I investigate its origin. But it needed time to grow, to be revealed, and to acquire the importance it came to have for me. For my part, I needed a favourable circumstance to unearth it, and this was the visit of the German naturalist, with its disquisitions about scientific theory. Some occurrences are slow in their effects, as slow is our way of apprehending their reach; it may be that we die before gaining full awareness of some of them.

Grammar is, indisputably, a discourse about language, a second language we might say. When I do grammar I set myself on another level, I split language in two: ordinary discourse, and the discourse about ordinary discourse. In so doing, I freeze the first one, I make of it an object and I proceed to decompose it, to define its parts, to formulate the laws of its relations.

Once installed on this level, I may embark on horizontal movements towards the grammars of other languages, grammars of the same language belonging to different times, towards the possibility of a universal grammar applicable to all languages.

I had already taken that backward step, like someone who climbs one step backward in order to see clearly his former position. I had taken this step by the hand of the master, and this I understood thanks to the explanations of the naturalist about science in general. Now, having to do with language as the object of science, the matter took for me a very particular meaning: it was the vertical way of distancing from words yet remaining close to them forefront and from above, just as learning languages, translating and being an interpreter was the horizontal way of achieving this sideways. This latter would evolve for me as a profession in my relations to others; the former in solitude.

Forefront and from above, but with the mediation of grammar, I would dampen the force of ordinary speech, and above all of poetry, by making of them objects, achieving a somewhat necrophilic

necrofílico, repudiable por tanto, pero compensado por ese palpitar de la palabra siempre presta a soltarse como potro brioso mal domado.

En ese mismo nivel segundo, el de la gramática, entré en contacto con el admirable abanico de las demás ciencias del lenguaje y pude avizorar, desde el punto de vista teórico, la posibilidad de una ciencia unitaria del lenguaje que diera coherencia sistemática a la ciencia en general, y, desde el punto de vista práctico, por una parte la posibilidad de diseñar sobre esa base una lengua universal que acompañara para todo hombre a la lengua materna y resolviera el problema de la comunicación entre los pueblos, y, por otra parte, en contraste paradójico, la posibilidad de construir una máquina de traducción, cosas ambas que volverían en gran medida innecesario mi oficio.

Pudiera haber trabajado profesionalmente en ese nivel, pero con el transcurrir de los años mi enfermiza sensibilidad por las palabras se hizo cada vez más delicada. Me aterraban las reuniones sociales, no podía leer periódicos ni oír la radio, me encastillaba en mi trabajo profesional y en mis estudios de solitario. Con respecto a estos, por fin ocurrió lo que tenía que ocurrir; yo no lo había previsto, torpe de mí: todo el mundo verbal de las ciencias del lenguaje se independizó de su función mediadora y se presentó ante mí como mundo verbal autónomo con toda la fuerza erótica y terrible de la palabra desnuda.

Temí ponerme loco. Aumenté mi trabajo profesional para evitar la soledad. Acepté acompañar como guía turístico e intérprete a los representantes de países lejanos que venían a participar en las asambleas de la gran ciudad donde yo trabajaba a la sazón. Sólo el agotamiento físico me salvaba de esos bellos discursos sobre los sonidos del habla, las formas, las relaciones sintácticas, los significados, los estilos, la historia de todo eso, su conexión con factores bioevolutivos, neurofisiológicos, sociales, económicos, políticos, psíquicos, su autonomía o dependencia, bellos discursos totalmente liberados de su objeto, convertidos en discurso sin más, incluyendo los discursos sobre el discurso que, debiendo ser discursos segundos, desplazaban al primero y usurpaban su lugar.

enjoyment—despicable in fact, but compensated by that pulsation of words always ready to set free like a badly tamed spirited colt.

On this same second level, that of grammar, I came into contact with the admirable profusion of the other sciences of language, and I could have glimpses, from a theoretical vantage point, of the possibility of a unified science of language, one that would give systematic coherence to science in general. From a practical point of view, I could envisage on one hand the possibility of designing, on that unitary basis, a universal language which would accompany every man's mother tongue and so to solve the problem of communication among peoples; on the other hand, and in paradoxical contrast, the possibility of building a translation engine—both things would render my profession largely unnecessary.

I could have worked professionally on that level, but with the years my unhealthy sensitivity to words became more and more acute. Social gatherings terrified me; I could neither read newspapers nor listen to the radio. I holed up in my professional work and in my lonesome studies. Regarding these, in the end it happened what could not fail to take place; I had not foreseen it, stupid as I was: the entire verbal realm of the sciences of language became independent of its mediating fucntion, and it appeared before me as an autonomous verbal world, with all the erotic and terrifying power of the naked word.

I feared becoming insane. I increased my workload to avoid solitude. I agreed to become a tourist guide, to accompany as interpreter the representatives of foreign countries who came to take part in great assemblies of the big city where I worked at the time. Only physical exhaustion saved me from those beautiful discourses about the sounds of speech, forms, syntactic relations, meanings, styles, the history of all that, its connection with evolutionary, neurophysiological, social, economic, political and psychological factors, their autonomy or dependence, beautiful speeches completely freed from their object, become sheer discourse, including the discourses about discourse which, although they should have remained secondary, superseded the first one and usurped its place.

Acosado, sin tener a quién recurrir, subí retrocediendo, en obscuridad y angustia, y me encontré, sin saber cómo, en un nivel tercero de mí mismo desde donde creí poder mediatizar los discursos.

Así instalado, logré, en efecto, distanciar todos los discursos. Vi que obtenían su estructura y movilidad de mí. Vi entre ellos y yo una región donde se desplegaba la fuerza que los constituía y nutría; en la proximidad de ellos tenía carácter geométrico, en la mía carácter algebraico y en mí estaba la unidad.

Yo mismo era responsable en gran medida de lo que amaba y temía, pues si bien no era autor del verbo humano ni, mucho menos, del verbo de la naturaleza, ambos existían para mí gracias a esa región intermedia que me conectaba con ellos y les otorgaba no sólo la posibilidad de ser para mí, sino también la posibilidad de ser como eran y de actuar como actuaban, pues la región intermedia, en su parte geométrica, contenía ya la distinción entre verbo humano y verbo de la naturaleza con sus zonificaciones, así como también las distinciones entre a) los dos verbos, b) los discursos derivados de sus reglas de juego y c) los discursos sobre los discursos, y, en su parte algebraica, gobernaba el dinamismo de la combinatoria enunciativa y su decurso con la coherencia que obtenía de la regia unidad sita en mí, generadora de principios de orden.

Haber llegado a este nivel era, en mi caso, el resultado de un movimiento en retroceso, contra natura, forzado por el amor-temor de la palabra; lo natural es vivir en la región más transparente y ocuparse de lo que aparece en su horizonte. Pero yo no había constituido este nivel; al contrario, tenía que suponer su existencia previa para poder explicar la adquisición de la lengua materna, el aprendizaje de otras lenguas y el discurso sobre el lenguaje.

Se me hizo evidente, además, que la fuerza de la región intermedia había estado siempre presente en todas las instalaciones que yo había asumido, de lo contrario todo hubiera sido dispersión y caos,

Haunted, without anyone to turn to, I went up stepping backwards, in darkness and anxiety, and I found myself, not knowing how, on a third level of myself from where I believed I would be able to constrain the discourses.

Thus installed, I was able in fact to keep distance from all the discourses. I saw that they obtained their structure and mobility from me. I saw between them and me a region where their constituting and nourishing power flourished; in their vicinity it was of geometric character, in mine algebraic, and the unit was in me.

I myself was responsible to a great extent of what I loved and feared, for, even if I was not in any way the author of the human word, and much less of the natural word, they both existed for me thanks to that intermediary region which connected me to them. This region not only granted them the possibility of existing for me, but also of being the way they were and of behaving the way they behaved, since the intermediary region, in its geometric aspect, contained already the distinction between human word and natural word with their partitions, just as the distinctions between a) the two words, b) the discourses derived from their game rules, and c) the discourses about discourses. In its algebraic aspect, the governing force was the dynamism of enunciative combinatorics and its trajectory path, with the coherence obtained from the royal unit dwelling in me, generating principles of order.

Having reached this level was, in my case, the result of a backwards movement, contranatural, forced by the love-fear of the word; what is natural is to live in the most transparent region, and to keep busy with what shows up on its horizon. But I had not constituted that level. On the contrary, I had to suppose its previous existence in order to be able to explain the acquisition of the mother language, the learning of other languages and the discourse about language.

It became evident, besides, that the power of the intermediary region had always been present at every other position I had assumed, otherwise everything would have been dispersion and chaos, enchainment to the instant; without it I could not conceive human life.

encadenamiento al instante; sin ella no podía concebir la vida humana.

Me di cuenta de que ahora, además de comprender en qué nivel me encontraba en cada caso, podía escoger la instalación que me resultara más conveniente, y vi un enorme campo de estudio en el levantamiento de un mapa, por decirlo así, de la parte geométrica de la región intermedia; en la formulación simbólica de su parte algebraica; en la determinación precisa de las conexiones entre ambas y de ambas con el quehacer verbal en general, y con el quehacer científico en particular, todo desde mi unidad central prestando especial atención a la generación de los principios de orden y al carácter temporal de las construcciones verbales en contraposición con el carácter, intemporal se me antojaba, de las estructuras intermedias. Me resultaba fascinante que la inmensa, en apariencia inabarcable, multiplicidad y diversidad del mundo pudiera gobernarse desde mi unidad central con su exigencia inexorable ya activa en las experiencias más sencillas, en las más primitivas, en las iniciales de la infancia, con el mismo vigor que en las complejas de la teoría científica.

Pero lo que más me complacía en esta soberana ampliación de mi consciencia y de mi comprensión era el poder recién adquirido sobre las palabras. Amante victorioso, las veía rendidas a mis pies y me inclinaba hacia ellas con ternura, porque nunca fue mi intención tiranizarlas o maltratarlas sino amarlas en seguridad, protegido de su belleza, esa belleza adorada que al fulgir más allá de cierto grado me atormentaba y mortificaba hasta la desesperación y, en el límite —yo temía—, hasta la aniquilación. En el nivel recién conquistado, empero, era yo quien decidía el lugar del encuentro y el grado de aproximación.

I came to realise that now, besides understanding on which level I found myself every time, I was able to choose the most convenient position, and I saw an enormous field of study in the drawing of a map, so to say, of the geometric part of the intermediary region; or in the symbolic formulation of its algebraic part; or in the precise determination of the relations between both of them, and between them both and linguistic efforts in general, and scientific efforts in particular. All this from my central unity paying special attention to the generation of principles of order and to the temporal character of verbal constructions in contrast with the character, which I fancied intemporal, of intermediate structures. I found it fascinating that the immense and apparently unfathomable multiplicity and diversity of the world could be governed from my central unity, with its relentless exigence already at play in the simplest experiences, in the most primitive, already in the initial childhood experiences, with the same vigour it had in those complex ones of scientific theory.

But what pleased me most in this supreme expansion of my conscience and my understanding was my recently acquired power over words. Like a conquering lover, I saw them vanquished at my feet, and I bent towards them tenderly, since it had never been my intention to rule them tyrannically or mistreat them, but to love them in safety, protected from their beauty—that adored beauty which, when fulgent beyond a certain point came to torment me and to harrow me even to despair and, in the end, I feared, to annihilation. In my newly acquired seat, however, it was I who chose the meeting place and the degree of proximity.

Descubierta la región intermedia, sentí un desahogo soberano, respiraba a mis anchas en seguridad y tranquilidad. Una tarde, sentado en mi escritorio, contemplando libremente la piedra ovoidal —la usaba como pisapapel y como vínculo con mi infancia— caí en cuenta de sus firmes fulgores en la luz infirme del crepúsculo y la seguí observando después de encender la luz eléctrica, esa luz que fabrican en países extranjeros como Maracaibo, atrapando relámpagos en frascos, muy lejos de la lámpara de querosén, su engorrosa mecha y sus efluvios malsanos.

Mientras contemplaba cómodamente los reflejos de la piedra —más bien parecían brillos propios de ella, autónomos—, me puse a pensar en lo poco que había pensado las cosas de la vida y en lo poco que había comprendido. El centro de mi atención estuvo capturado casi siempre por el drama entre las palabras y yo. Pero ¿quién era yo?, ¿para qué vivía?, ¿qué sentido tenía yo más allá o más acá de esa relación tormentosa con las palabras? Claro, podía responder con los datos de mis documentos de identidad —nombre, profesión, país de origen, fecha de nacimiento, educación—, incluso ampliándolos en detalle; podía también agregar los datos de mi curriculum vitae; podía también describir minuciosamente mis características personales y mis costumbres. Todo eso me identificaba en relación con mis circunstancias biológicas, culturales, históricas, biográficas. Pero las preguntas pedían una respuesta más profunda. ¿Quién era yo, el así encerrado en esas circunstancias?

Pensé que un hombre, en general, es sujeto de pensamiento, sentimiento y acción en el mundo natural y cultural donde le tocó nacer. Cada quien es educado por su comunidad hasta llegar a ocupar en ella uno o varios de los puestos que ella le ofrece, incluyendo puestos que parecen estar al margen de la sociedad organizada, como el de mendigo, el de vagabundo, el de revolucionario, el de loco, el de malhechor. Los ocupa, luego muere y entonces ellos son ocupados por otros hombres en el cuerpo social que está siempre reproduciéndose. Los puestos varían un tanto según las diferentes

Once the intermediate region had been discovered, I felt a supreme relief. I breathed at ease in safety and tranquility. One afternoon, sitting at my desk, looking idly at the ovoid stone—I used it as a paperweight and to keep the connection with my childhood—I became aware of its steady glimmerings in the unsteady evening twilight, and I kept observing it after turning the electric lights on, those lights manufactured in foreign countries like Maracaibo, where they trap lightnings in containers, far away from the kerosene lamp with its cumbersome wick and its unhealthy vapours.

As I comfortably observed the stone's gleams—which looked like a brightness of the stone itself, as if autonomous—I started thinking on how little I had thought about life's affairs, and on how little I had understood. The centre of my attention had mostly been always taken by the drama between words and myself. But who was I? what did I live for? what meaning did I have past or before my stormy relationship with words? Naturally, I was able to answer with the details on my identity documents: name, profession, country of origin, date of birth, education, and even add to complete them; I could also add the details of my CV; I could minutely describe my personal qualities and my habits. All this identified me in relation to my biological, cultural, historical and biographical circumstances. But the questions demanded a more profound answer. Who was I, the one surrounded and enclosed by such circumstances?

I came to think that a man, in general, is a subject of thought, feeling and action within the natural and cultural world of his birth. Each person is educated by his or her community until they come to occupy one or several of the positions offered to them, including positions which seem to be on the margins of organized society, like those of beggar, tramp, revolutionary, madman, criminal. He occupies them, then he dies, and they are occupied by other people within the ever-reproducing social body. The positions vary slightly

naciones y varían otro tanto históricamente. Pero la pregunta no quedaba bien respondida porque ¿quién es ése que se integra a una comunidad y luego desaparece?

Si quitaba todas las circunstancias no quedaba nada ni nadie. Apenas tal vez una subjetividad indeterminada pletórica de posibilidades que la socialización y la aculturación iban determinando hasta culminar en el adulto normal, en un sistema de costumbres, roles, deseos, sufrimientos, integrado más o menos adecuadamente con los demás sistemas individuales en el todo de la comunidad cercana y, mediatamente, en el todo de la humanidad.

Me puse a considerar las diversas actividades y vi con gran claridad que cada actividad individual de cada persona ha sido ya practicada anteriormente, es practicada simultáneamente, será practicada posteriormente por otras personas. Si alguien se dedica a las matemáticas, por ejemplo, continúa un trabajo hecho por otros antes, lo comparte con otros y lo deja a otros al morir; mientras está haciendo matemáticas no difiere en esa instalación de los otros que en cualquier tiempo la adoptan. Es como si un sujeto supraindividual que hace matemáticas reclutara como sustentáculo a individuos de cada nueva generación, indeterminados al nacer en cuanto subjetividad, para apropiárselos con la ayuda de circunstancias naturales y sociales.

No encontré ninguna actividad individual que no sirviera a una actividad supraindividual, independiente de la participación personal de alguien, aunque apoyada siempre en participaciones personales. A largo plazo, nadie es imprescindible en la actividad que practica.

Y esto me pareció válido no sólo para las profesiones y oficios, sino también para todo lo íntimo y secreto, incluyendo los sueños. Mi propia lucha amorosa con las palabras, tan particular y privada en apariencia, era seguramente también con igual intensidad la lucha de otros hombres, reducidos en número tal vez, y en alguna medida, la lucha de todos los hombres.

Pensado aparte de sus circunstancias, cada hombre al nacer es una subjetividad indeterminada, un haz de posibilidades que el colectivo

according to the different nations, and they vary slightly through history. But the question was not properly answered, for who is that one who integrates into a community and then vanishes?

If I removed all the circumstances, nothing and no one remained. Perhaps only an indeterminate subjectivity brimming with possibilities which socialization and acculturation gradually developed unto the point of normal adulthood, unto a system of habits, roles, desires, sufferings, more or less adequately integrated to the other individual systems within the whole of the nearby community, and indirectly within humanity at large.

I began to consider the manyfold activities, and I saw with great clarity that every individual activity of every person has been already accomplished before, that it is accomplished simultaneously, and will be accomplished afterwards by other people. If someone devotes himself to mathematics, for instance, he is giving continuity to a work done before by others, he shares it with others, and he bequeaths it on others at his death; while he is working on mathematics, he is no different in that position from others who also adopt it at any given time. It is as if a supra-individual subject engaged in mathematics were recruiting as proxies individuals of every new generation, who are indeterminate at birth qua subjectivities, in eventually appropriating them with the help of natural and social circumstances.

I could not find any individual activity which did not serve a supra-individual activity independent of anyone's personal participation, however much it depended always on personal participation. In the long term, no one is indispensable in any activity.

This seemed to be valid not only for professions and trades, but for everything intimate and secret too, including dreams. My own loving struggle with words, so particular and private in appearance, was surely also and with equal intensity the struggle of others; limited in number perhaps, and to a certain extent the struggle of all men.

When considered apart from his circumstances, every man is at birth an indeterminate subjectivity, a bunch of possibilities to be

determina. Eso es lo que encuentra el que se busca a sí mismo en su esencia individual.

Tal comprensión no era nueva para mí, aunque la articulara así por primera vez. Ya en la infancia, la noche aquella en que me quedé lelo cuando huía hacia mí mismo del asedio de las palabras, había descubierto la soledad y la había llamado terror tercero, pues si quedarse a solas con una palabra sola es locura y quedarse a solas con una cosa sola es muerte, quedarse a solas consigo mismo es suprema angustia.

En esa ocasión hallé refugio en considerar a la palabra dentro del discurso humano, a las cosas dentro del discurso natural y a mí mismo en el sistema de relaciones con los demás. Fue entonces cuando entendí el cuento del gallo pelón, propuse jugar el juego de la candelilla y me reconcilié con todos los juegos infantiles. Fue entonces también cuando acepté, aunque no lo pensara con claridad, la participación en el juego colectivo y la escogencia de una profesión, aunque mis motivos tuvieran insólito carácter.

La humanidad, en efecto, es el gran sujeto de los quehaceres y de la historia; los individuos somos sustentáculo transitorio de ese gran decurso. Intentar comprender a la humanidad y a su mundo circundante es también una actividad del gran sujeto apoyada en el linaje de los pensadores y filósofos. Servir al gran sujeto, identificarse con él, sentirse parte de una actividad milenaria que trasciende la vida individual, he ahí la solución. Además, hay recompensas dentro del transitorio sistema de circunstancias individuales: el placer, la satisfacción del deber cumplido, la importancia personal en un momento dado, la posibilidad de ser recordado con admiración, el grato afán de logro y hasta el sufrimiento, la queja y la protesta.

Pero con todas esas reflexiones la pregunta ¿quién soy yo? no quedaba respondida ni de lejos. Se trataba en efecto de una operación ubicatoria general que no decía nada sobre mí en particular o negaba implícitamente que se pudiera decir algo sobre mí en particular. Quedaba mi subjetividad personal como parte de una subjetividad indeterminada a la cual las circunstancias conferían identidad diferenciada. Caso de aceptar tal explicación, otra pregunta —simple

determined by the collectivity. This is what is found by anyone who seeks himself in his individual essence.

This understanding was not new to me, though I were articulating it in this way for the first time. Already in my childhood, on that night when I was struck dumb fleeing into myself from the unleashed words, I had discovered solitude and I had called it the third terror, for if remaining alone with a word alone is insanity, and remaining alone with a thing alone is death, remaining alone with oneself is supreme despair.

On that occasion I found shelter by considering the word as embedded in human discourse, things within nature's discourse, and myself within the system of relations with others. It was then when I understood the meaning of the baldie cockerel game, when I suggested playing Hunt the Thimble, and when I made my peace with all child games. It was then that I accepted, even without realising it clearly, my participation in the collective game and in the choice of a profession, although my motives were quite extraordinary.

Humankind is, in fact, the great subject of all trades and of history; we as individuals are fleeting proxies of this temporal arc. Trying to understand humankind and its surrounding world is also an activity of the great subject, one resting on the lineage of thinkers and philosophers. To serve the great subject, to identify oneself with it, to feel part of a timeless activity transcending individual life—this is the solution. Furthermore, there are rewards within the fleeting system of individual circumstances: the pleasure, the satisfaction of an accomplished duty, the personal importance on certain occasions, the likelihood of being remembered with admiration, the exhilarating drive to succeed, and even the suffering, the whining, the rebelling.

Now, after all these reflections, the question, "Who am I?" remained unanswered by far. It was a general locational exercise which said nothing about me in particular, or which implicitly denied that anything particular about me could even be said. My individual subjectivity ended up as part of an indeterminate subjectivity which derived any distinct identity from its circumstances. In case such answer were accepted, another question came up which was merely

traslación de la primera a otro nivel— se planteaba con igual fuerza: ¿quien es o qué es la subjetividad humana en general? Ahora bien, yo no estaba dispuesto a abandonar la primera porque sentía en mí una diferencia originaria, no dependiente de las circunstancias, un estar ahí siendo alguien, centro individual de vivencia. Si me trasladaba a la segunda, tal vez de más fácil acceso conceptual, me alejaría de lo más cercano: yo mismo.

Estaba, sí, dispuesto a abandonarla pero sólo como exigencia de una definición ubicatoria. La mantenía, en cambio, como llamado de mí mismo a mí mismo para cobrar consciencia de mi propia presencia, de mi ser originario auténtico, previo y paralelo a todo condicionamiento.

Apagué la luz eléctrica e, insomne, mientras allá arriba en un cielo que yo no podía ver desde mi apartamento los astros corrían hacia el ocaso, procuré llegar hasta mí mismo. En vano. Mi atención se fijaba en alguna de mis circunstancias: el cuerpo o partes de él, algún pensamiento; cierta costumbre; tal apego; experiencias vividas con intensidad; aquel recuerdo clamoroso. En el espejo de la memoria me veía actuar, me oía decir, me sentía subiendo y bajando los oleajes de la afectividad en ocasiones tensas; pero no me veía a mí mismo. Yo era siempre el que miraba; el yo visto ya era otro, un objeto de mi atención, distinto de mí aunque creyera a veces poder identificarme con él. No lograba ponerme a mí mismo en cuanto sujeto como objeto de mi atención. No podía volverme objeto a menos de engañarme; era sujeto irreductible; pero podía darme cuenta de estar ahí, mientras dirigía mi atención hacia el yo construido en la percepción de circunstancias personales, en el recuerdo de acciones y pasiones, en los proyectos.

Ya mis ojos se habían acostumbrado a la obscuridad que nunca es total en una gran ciudad y tal vez en parte alguna. Distinguí sobre el escritorio la piedra ovoidal, me impresionaron los movimientos de su fuego interno, parecía vivir y arder.

Dirigí mi atención a la región intermedia, donde están las claves del lenguaje y por ende del mundo. Me sentí poderoso: yo, aún como

a transference of the first question to another level: Who is or what is human subjectivity in general? I was certainly not willing to abandon the first question, since I felt in me an original difference, not derived from circumstances, a being-there, being-someone, an individual centre of vital experience. If I moved on to the second question, perhaps of easier conceptual access, I would be removed from what was closest: my self.

I was prepared to abandon it, yes, but only as a requirement of a locational definition. And yet I retained it, rather as a call to myself from myself, to gain consciousness of my own presence, of my original authentic being, preceding and in parallel with every conditioning.

I turned off the electric light and, sleepless, while the stars ran towards sunset in a sky I was unable to see from my apartment, I tried to find a way towards myself. In vain. My attention got stuck to one of my circumstances: the body or one of its parts, or a certain thought; or this or that habit; that fondness; experiences lived with intensity; this or that gorgeous memory. In the mirror of memory I saw myself acting, I heard myself speaking, I felt myself going up and down the waves of emotion in tense situations, but I did not see myself. I was always the one watching; the one I observed was already another one, an object of my attention, distinct from me, though at times I felt I could identify with him. I did not succeed in turning myself-the-subject into the object of my own attention; I was unable to place myself as object unless I deluded myself; I was an irreducible subject; but I was able to realise I was there, as I directed my attention to that "me" constructed by the perception of personal circumstances, by the remembrance of actions and passions, by projects.

My eyes had by now become used to the darkness which is never total in a great city and perhaps nowhere. I could see on my desk the ovoid stone. I was impressed by the movements of its inner fire; it seemed to be alive and aflame.

I turned my attention to the intermediary region, where lie the keys of language, hence of the world. I felt powerful: I, even though as part

parte de un esfuerzo supraindividual de conocimiento, yo transitorio podía organizar las cosas, los acontecimientos, las palabras, podía darles ser y sentido en el conocimiento que ganaba de ellas, podía dar razón de ellas con mayor o menor eficiencia en los detalles. Dirigí otra vez la atención hacia mí mismo, el inaprehensible, y me sentí débil: yo, que podía dar cuenta del mundo o por lo menos así lo creía y lo intentaba, no podía dar cuenta de mí mismo y me daba cuenta de estar ahí precisamente por el contraste con el polo impletivo de mi atención: el mundo, es decir, el todo de las circunstancias o, más bien, el todo como ámbito de manifestación de las circunstancias. ¿Podía ser si el mundo no fuera?

Creo que dormité un poco y absurdamente soñé provenir de la nada extramundana, fragmento de nada atrapado por el mundo, condenado a mirarlo constituyéndolo con la mirada. El mundo un algo monstruoso que obtiene su ser de la nada que captura, de los sujetos que encarna en circunstancias caóticas para que las doten de sentido.

Creo que desperté, sudoroso, pensando que la nada no puede dar ser ni sentido. Si podía dar ser y sentido no era nada. ¿Qué era entonces?

Creo que una cosa me quedó clara, sin embargo: yo, que apenas podía cobrar consciencia de mí mismo en contraste con las cosas del mundo y de manera ubicatoria por estar en el mundo, pero no podía dar razón de mí mismo, yo no era mundo, no pertenecía al mundo aunque estuviera atrapado en él. Tampoco era parte de esos grandes sujetos supraindividuales en que se articulaba la subjetividad universalmente humana como el sujeto de la ciencia, el sujeto de la ingeniería, el sujeto del placer, el sujeto de la política, el sujeto de la guerra, porque podía ponerlos ante mí como objetos de posible identificación y podía instalarme en ellos o abandonarlos.

Los fulgores de la piedra ovoidal aumentaron —¿estaría cerca el amanecer?— y me atrajeron con encanto irresistible. No sospeché yo entonces que se avecinaba una catástrofe.

of a supra-individual effort at self-knowledge, I, being ephemeral, was able to organize things, events, words; I was able to give them being and meaning through the knowledge I gained from them, I was able to give an account of them with more or less efficiency in the details. I turned the attention again towards myself, the ungraspable, and I felt weak: I, who was able to give an account of the world, or so I thought and tried, I was unable to give an account of myself, and I was only conscious of my presence there thanks to the contrast with the impletive pole of my attention—the world, that is to say, the totality of circumstances, or rather, the totality as playfield for the manifestation of circumstances. Could I be if the world were not?

I think I dozed off, and I absurdly dreamt I had come from otherworldly nothingness, a fragment of nothingness imprisoned by the world, sentenced to look at it while constituting it with my own gaze. The world a monstrous something which derives its being from the nothingness it has captured, from the subjects it brings into flesh under chaotic circumstances so that they can fill them with meaning.

I think I woke up, sweaty, concluding that nothingness is unable to endow anything with being or meaning. If it could give being and meaning, it was not nothingness. What was it then?

I think one point became clear to me, though: I, who could barely acquire consciousness of myself by contrast with the world of things and through my location as existing in the world, I who was unable to even give an account of myself, I was not the world, I did not belong to the world, even though I was trapped in it. I was also not one of those supra-individual subjects in which universal human subjectivity was articulated, like the subject of science, the subject of engineering, the subject of pleasure, the subject of politics, the subject of war, for I could place them before my eyes as objects of potential identification and I could install myself in them or leave them.

The gleams of the ovoid stone increased—was dawn approaching?—and they attracted me with irresistible lure. I failed to surmise then that a catastrophe was near.

Mientras cedía al encanto de la piedra sentí que me abrasaba su fuego y me disolvía. Poco a poco fui perdiendo el uso de mis sentidos externos y me supe en el interior de la piedra. Mi cuerpo era la piedra. Total silencio. Pero silencio articulado. Paz, paz de equilibrio. Equilibrio de partes interpenetradas e integradas; lo húmedo y frío formando estructura; lo húmedo y cálido fluyendo en emociones cíclicas o yacente en sentimientos profundos, pozos de culpa y sufrimiento viejo o brotando en fuentes de alegría e impulsos entusiastas; lo seco y frío circulando en corrientes de pensamiento, saltando en ocurrencias y asociaciones o pesado de afecto gestando descargas súbitas, largos aguaceros, amagos de tormenta; lo seco y cálido hundiéndose hurgando en los otros y rechazándolos a la vez siempre en busca de aislamiento. De este último procedían los fulgores.

No sentí que mi cuerpo se hubiera convertido en esa piedra; sentí que había sido siempre esa piedra, sólo que no se veía así desde adentro. Yo estaba encarnado en ella, empiedrado, prisionero, aunque la manejara o creyera manejarla. Todo en un mundo de piedras análogas. Conocían y se comunicaban por la afinidad de los elementos y por las diferencias en cantidad y ordenamiento.

Mi cuerpo mismo, mi piedra, era un universo pequeño, miniatura del gran universo y unido a él por relaciones biunívocas de afinidad. El conocimiento sensorial era un epifenómeno de orden animal, y el comprender con lenguaje, de orden humano. Mejor dicho, el comprender por medio del habla humana, porque toda la piedra era lenguaje. Comprendí en forma no humana el lenguaje de lo frío y húmedo, pero no pude hablarlo. Comprendí y hablé en forma no humana el lenguaje de lo húmedo y cálido, así como el de lo seco y frío. No pude comprender ni hablar el lenguaje de lo cálido y seco, pero no me quemaba.

Todo aquello era lo que había llamado en mi infancia el verbo tácito de la naturaleza. Ahora comprendía en toda su magnitud el inmenso poder del que entiende y habla ese lenguaje cuando aprende

As I surrendered to the stone's attraction, I felt its fire setting me ablaze and dissolving me. I gradually lost the use of my external senses, and I knew myself to be inside the stone. My body was the stone. Utter silence. But articulated silence. Peace; the peace of balance. Balance between interpenetrating and integrated parts; what was moist and cold, forming a structure; the moist and warm, flowing in cyclic emotions or lying in deep feelings, in wells of guilt and old sorrow, or gushing in sources of joy and bursts of enthusiasm; the dry and cold circling in currents of thought, jumping in witticisms and associations, or heavy with affection in the run-up to sudden discharges, long heavy rains, forebodings of storm; the dry and warm sinking poking the others and rejecting them at the same time always seeking isolation. It was from this latter that the glimmers arose.

I did not feel that my body had become the stone; I felt that it had always been the stone—only it was not seen in this way from the inside. I was incarnated in it, in-stoned, imprisoned, even though I directed it or believed to direct it. All this in a world of analogous stones. They knew each other and communicated through the affinity of the elements and through the differences in quantity and order.

My own body, my stone, was a little universe, miniature of the greater universe, attached to it through bi-univocal relations of affinity. Sensorial knowledge was an epiphenomenon of animal order, and understanding through language was such one of human order. Better put, understanding by means of human speech, for all the stone was language. I understood in a non-human way the language of the cold and moist, but I was unable to speak it. I understood and spoke in a non-human way the language of the moist and warm, and also that of the dry and cold. I was unable to understand or speak the language of the warm and dry, but it did not burn me.

All this was what in my childhood I had called the tacit word of nature. Now I understood in all its magnitude the immense power of he who can understand and speak that language, when he learns how

a manejarlo mediante signos mágicos con intención de dominio, así como el naturalista mediante signos tecnológicos. Comprendí la belleza y la majestad del verbo natural; pero el poder no me tentó, me pareció más bien una forma de esclavitud aunque no sabía por qué. Me fascinó, en cambio, el verbo natural mismo, articulado en cuatro lenguajes y dando origen a coherentes discursos, vacíos de cualquier sentido extraño a su propio decurso. Me fascinó tanto que me tentó la posibilidad de dedicarme enteramente a su ciencia, pero el incomprendido terror de la muerte apareció y sentí una forma última, primigenia de la náusea.

Huí despavorido hacia mi consciencia ordinaria, pues allí por lo menos contaba con la protección de la región intermedia que me permitía distanciar todo discurso, todo lenguaje, todo verbo organizándolos y asignándoles ser desde mi unidad, mi unidad tan heterogénea con respecto al mundo y tan incapaz de dar razón de sí misma, simple foco de atención. Aunque al llamarla foco de atención o unidad ya voy quedando por fuera yo mismo, el aprehendiente inaprehensible. Llamarla lo innombrable, era también errar el blanco.

Había regresado, pues, al estado en que me encontraba antes de la experiencia. Amanecía. La piedra fulgía y fulguraba con furia deslumbrante. Me proponía descansar cuando ocurrió la catástrofe.

La región intermedia, la región amortiguadora del efluvio verbal, la región que me había permitido respirar a mis anchas y reflexionar sobre mi vida comenzó a fulgurar abandonando su carácter intemporal y su firmeza. Primero vi que mi visita al interior oculto de la piedra se había hecho inteligible desde la mismísima región intermedia que mediatizaba, al parecer, todas mis experiencias. Después, como una centella reventó en mí de un solo golpe, de un golpe solo, la aciaga comprensión: vi que la región intermedia era también lenguaje, y no un lenguaje más, sino lenguaje por excelencia, lenguaje primero, tal vez lenguaje único proyectado hacia la exterioridad del mundo, si es que mundo no era sólo esa proyección misma diversificada y complicada en heterogéneos espejos también verbales, dentro del espacio verbal único del verbo.

to use it by means of magical signs and with an intention to control, just as the naturalist does by means of technical signs. I understood the beauty and the majesty of the natural word; but power did not tempt me, it seemed rather like a sort of slavery, though I could not quite understand why. And yet I was enthralled by the natural word itself, articulated in four languages and giving origin to coherent discourses which were devoid of any purpose alien to its own intent. I was so enthralled that I felt tempted to devote entirely to its science, but the undiscerned terror of death showed up and I felt an ultimate and primeval shape of nausea.

I fled, in horror, towards my ordinary consciousness, where I at least had the shelter of the intermediate region, allowing me to keep at distance every discourse, every language, every word, organizing them and granting them a being from within my oneness, a oneness so heterogenous towards the world, and so unable to account for itself, a simple focus of attention. It is true, anyway, that by calling it a focus of attention or unity I already leave my own self outside, the inapprehensive apprehender. To call it nameless was to miss the mark as well.

And so I had returned to the state in which I found myself at the beginning of the experience. Dawn was coming. The stone was fulgurant, flaring with blinding fury. I meant to rest, when catastrophe struck.

The intermediate region, the region which acted like a damper for the stream of the word, the region which had allowed me to breathe freely and to reflect on my own life, started flaring, relinquishing its timeless character and its firmness. At first I saw that my visit to the hidden inside of the stone had become intelligible from the very intermediate region which, seemingly, mediated all my experiences. Then the fateful understanding broke within me like a lightning bolt at once, in one blow: I saw that the intermediate region was also language, and not just another language, but language par excellence, primordial language, perhaps the only language projected towards the outer realm of the world. Perhaps the world was no more than

Ya no valía gallo pelón ni candelilla. Todos los juegos el juego. Todos los discursos el discurso. Todas las lenguas el lenguaje. Todos los verbos el verbo.

Pero yo no soy verbo.

No siendo verbo, debo tener mi patria en una región cisverbal no descubierta aún por mí aunque se reduzca a mi sola presencia absurda, inexplicable. De alguna manera soy esa región cisverbal, de lo contrario me confundiría con las palabras. Sin embargo, la toma de consciencia de esa región es verbal. Lo estoy diciendo.

La palabra no está sólo en mi boca. Está también en mi frente, en mi corazón, en mi mano. Y más acá, en los penates de mi estar ahí. Estoy encarnado en la palabra, transido de palabra, empalabrado.

Oprimido por la angustia suprema del terror tercero —como si las palabras me estuvieran haciendo a mí lo que yo les hacía a ellas en mi infancia cuando las repetía desligadas de todo significado—, comprendí que podía yo también volar raudo hacia mi origen. Sentí nostalgia de ese misterioso trasfondo, me fascinó el umbral obscuro que estaba siempre a mi espalda, quise actualizar la posibilidad máxima de mi estar ahí: dejar de estar ahí. Pero el amor terror, que me había dado sentido hasta entonces, me retuvo y escogí la confrontación.

Palabra, princesa del país extranjero, te amo. Palabra, país extranjero, me encarcelas. Sólo puedo hablarte contigo, señora del habla. En esta falsa región cisverbal (cisverbal sin embargo), hablemos. Estamos solos tú y yo. Estamos desnudos, todas las máscaras y disfraces han caído. No quiero volar raudo hacia mi origen desconocido, porque te amo. No quiero servirte porque repudio la cárcel y porque no quiero servir. No serviré. Tu país es grande, majestuoso, digno de ti; en él hay muchas moradas, muchas tareas respetables, mucha gloria. Pero todo está hecho ya, incluso lo que falta por hacer. Todo juego, una vez planteado, ya ha terminado; es cosa del tiempo su despliegue en los mil juegos posibles. Tu país está muerto desde el instante en que nació. Lo comprendí en un destello, en la angustia suprema, ya presto a volar raudo hacia mi origen, cuando me decidí, con amor y terror, a enfrentarme contigo.

such a diversified and complex projection on heterogeneous mirrors, also verbal, within the one verbal space of the word.

The baldie cockerel and Hunt the Thimble could no longer avail me. All games, the game. All discourses, the discourse. All languages, the language. All words, the word.

But I am not word.

Not being word, I must have my homeland in a cisverbal region not yet discovered by me, even though it may come down to my own absurd, inexplicable presence. I am somehow that cisverbal region, otherwise I would be confused with words. Nonetheless, consciousness of that region is verbal. I am saying it.

The word is not in my mouth only. It s also in my forehead, in my heart, in my hand. And closer still, in the penates of my being there. I am incarnated in the word, I am transfixed by the word, inworded.

Oppressed by the supreme anxiety of the third terror—as if words were doing to me what I did to them as a child, repeating them loose of any meaning—I understood that I too could fly swiftly to my origin. I felt a longing for that mysterious backdrop, I was enthralled by the dark threshold lying always behind me. I wanted to actualize the utmost possibility of my being there: to cease to be there. But the love terror, which had given me meaning until then, held me back, and I chose confrontation.

Word, princess of a foreign land, I love you. Word, foreign land, you imprison me. I can only talk to you through you, Lady of Speech. On this false cisverbal region (cisverbal nonetheless) let us speak. We are alone you and I. We are naked. All masks and disguises have fallen. I do not want to fly swiftly towards my unknown origin, because I love you. I do not want to serve you because I abhor prison and I do not want to serve. I will not serve. Your land is great, majestic, worthy of you; there are in it many dwellings, many honourable tasks, much glory. But everything is done already, even what is yet to be done. Every game, once declared, has already come to an end; its myriad possible developments are merely a matter for time. Your land is dead from the moment it came into existence. I understood this in a

Quienes son como yo se instalan en él, sirven y cobran su salario hasta apagarse. Pero yo te quiero desde la infancia a ti, princesa, no a tu mundo porque tuve una visión de tu belleza muy temprano y la sé tan grande que aún ahora, ensoberbecido de osadía, apoyado contra el umbral de mi origen, casi no puedo soportarla.

He descubierto que soy no sólo rayo de consciencia vacía, mirada ordenadora de lo que le es dado, sino también impulso genésico, brote cosmogónico. No quiero servir en tu maravilloso mundo ya hecho. Quiero conquistarte para generar contigo otra realidad. Sé que eres virgen y que me amas tú también. Abandona esa sombra tuya, esa piel tuya estructurada en mundo —ya se ha despegado de ti, anda sola ya hacia su perfección y destrucción—, unámonos en cópula primigenia, en orgasmo fecundo para hacer un más allá sublime que borre incluso el recuerdo de lo ya terminado.

Eres la fertilidad en sí, siempre renovada, y yo el rayo genésico. Ardo en amores contenidos, guardados para ti. Desde que existo no he hecho sino requebrarte a distancia, tímidamente, con miradas furtivas, avances cautelosos, repliegues pudorosos, fugas despavoridas, caricias atrevidas seguidas de temor y confusión, casi sin comprender la situación, como un adolescente candoroso. Pero el terror de la locura, el terror de la muerte y la angustia suprema del terror tercero me han desarrollado y madurado. Los tres eran formas germinales de mi anhelo erótico.

Quiero elevarme hasta la altura de tu belleza e impregnarla de mi vacío pulsante, de mi semilla obscura que gravita incontenIblemente hacia otra luz y otra música inalcanzables para mí sin ti y para ti sin mí. Rompamos los velos de este encuentro. Entrégate. Ábrete magnolia.

flash, under supreme anguish, when I was ready to fly swiftly back to my origin, when I decided, with love and terror, to confront you. Those who are like me settle in your world, they serve and receive their salary until they go out. But I love you since my childhood, oh princess, not your world, because very early on I had a vision of your beauty, and because I know it to be so great that even now, full of daring pride, leaning on the threshold of my origin, I can hardly resist it. I have discovered that I am not only a ray of empty consciousness, an ordering gaze of what is given to it, but also a genesic driving force, a cosmogonic burst. I do not want to serve in your marvellous ready-made world. I want to conquer you, in order to generate with you another reality. I know you are a virgin, and I know you love me too. Cast aside that shadow of yours, that skin of yours structured into a world—it has already detached from you and it walks alone towards its perfection and destruction. Let us unite in primordial coupling, in fecund orgasm, in order to make a sublime beyond which will even erase the memory of what has been completed.

You are fertility itself, always renewed, and I am the genesic ray. I burn in repressed love, a love preserved for you. Since I exist, I have done nothing but woo you from the distance, timidly, with furtive glances, cautious advances, bash retreats, terrified escapes, daring caresses followed by fear and confusion, almost without understanding the situation, like a naive adolescent. But the terror of madness, the terror of death, and the supreme anguish of the third terror have developed me and brought me to maturity. All three were seminal forms of my erotic longing.

I want to rise to the level of your beauty, and to impregnate it with my pulsing void, with my dark seed which hovers irrepressibly towards another light and another music, unattainable for me without you and for you without me. Let us tear the veils of this encounter. Give yourself to me. Open yourself, magnolia.

Cuando dije magnolia, las estructuras verbales comenzaron a desarticularse y no pude seguir hablando. Palabras rotas se arremolinaron en mí como fragmentos multicolores de papeles brillantes que un viento huracanado agita. Lidal, erviré, silisco, oli, magna, cara, cás, ser don l, anive, coeli, siverunidad, mora, drimad, estroma, jubra, cresetre, potrom, diepra, viresenor, métea, sa prín, se prín, saprince, bereshit, tohú, tejom, jélos, ne, bambol, al ticrá, cú, man, a, tilsir, bur, pisa, país, repisa, sapir, ex, éxjero, tratl, catépetl trk... Atravesando ese torbellino, un esplendor níveo como de magnolia al amanecer, como de tierno brazo materno oloroso a magnolia, como de magnolia amaneciendo, con voz no usada, serena entre la loca agitación de las rotas palabras multicolores, pareció hablarme, intimidad recóndita, dulce soberanía, burla cariñosa. Creí entender que me instruía y me reprendía.

Globo, globito, glóbulo, no llegas a pompa de jabón; vejiguita, vesícula, ámpula, burbuja apenas. Yo no me entrego ni abro a petición o ruego. Tu audacia sería insolente si no fuera ridícula. El anhelo no basta. Ha de ser tan fuerte que me arrebate con dulce violencia y yo me rindo ante una sola fuerza: la del silencio.

Has visto como pocos, es cierto; pero has visto poco. Un pliegue de mi velo has entreabierto y te atreves a repudiar eso que llamas mi sombra o mi piel mudada de serpiente cuando es más bien mi estela centelleante y allí, burbuja, tú. ¿No sabes que repudias tu propia configuración? No eres palabra-mundo; esa comprensión te ha permitido invocarme; pero estás en el mundo de la palabra constituida, estás inmundo, minuciosamente circunscrito en laberintos verbales. Como todos los de tu especie, sólo sirves para reflejarme en parte y, como todos, tienes a veces la ilusión de reflejarme toda. Pero yo determino tu manera de reflejar porque te he conformado.

Sin embargo, tu anhelo de llegar hasta mí como impulso genésico y brote cosmogónico es de buena ley. Es lo que te queda de tu esencia infantil porque los infantes, nepioi, son silencio aunque silencio

When I said "magnolia", verbal structures started falling apart and I could not talk anymore. Broken words whirled around me like motley shiny pieces of paper beaten by a stormy wind. Lidal, illserve, silisk, oli, magna, ask, cass, being don l, anive, coeli, siverone, mora, drimad, stroma, jubra, creset, potrom, diepra, viresenor, meteo, cess prin, ce prin, cessprin, bereshit, tohu, tehom, helos, ne, bambol, al tikrah, kou, man, ah, tilsir, bur, pisa, pays, recip, sapeer, ex, xtran, tratl, catepetl trk… Going through this whirlwind, a snow like splendour, like that of a magnolia at dawn, like a tender maternal arm perfumed with magnolia, like a dawning magnolia, seemed to talk to me with unused voice, serene amid the deranged agitation of motley broken words; it seemed to speak to me—unfathomable intimacy, sweet sovereignty, lovingly teasing. I thought I understood she was instructing me and scolding me.

Globe, little globe, globule, you are not even a soap bubble; tiny vessel, vesicle, little bulb, a bubble merely. I do not give myself nor do I open myself to request or entreat. Your audacity would be insolent, were it not laughable. Longing is not enough. It must be strong enough to take hold of me with sweet violence, and I only yield to one power: that of silence.

You have seen like few others, its is true; but you have only seen a little. A fold of my veil you have half-drawn, and you have the audacity to reject what you call my shadow or my snake-like shed skin, when it is rather my shining star, and there a bubble: you. Don't you know that you are rejecting your own configuration? You are not word-world; understanding this has allowed you to invoke me; but you inhabit the world of constituted word, you are immund, minutely circumscribed by verbal labyrinths. Like all those of your kind, you serve only to reflect me in part, and like all others you entertain at times the illusion of reflecting me entire. But it is I who determine your manner of reflecting, for I have shaped you.

Nevertheless, your longing to come to me as a genesic drive force and a cosmogonic burst is legitimate. It is what remains of your child's

inconsciente. La has ido perdiendo a medida que has ido entrando en el mundo de la palabra constituida o ésta más bien te ha ido penetrando y poniendo a su servicio como te corresponde por destino. En cuanto a vencer el destino no llegas ni a basilisco, que, habiendo logrado las dimensiones de un astro, sigue formando parte de mi cuerpo, sombra, piel de serpiente, poderoso príncipe mundano, no mi amante.

De buena ley y noble es, sin embargo, tu anhelo de llegar hasta mí y no me desagrada; censuro la desmedida arrogancia que te impide ver tu finitud. Pero apuntas bien, glóbulo metacósmico, imagen caída del Gran Silencio que me dio origen y esencia. Soy siempre joven, siempre virgen, siempre bella y espero siempre al violento que me arrebate y fecunde con dulzura.

Dices que repudias mi sombra y me quieres a mí. Lo dices, luego estás enredado en mi sombra. Para llegar hasta mí tienes que liberarte de mí, limpiarte de toda sombra mía y ser tú solo, otro que yo, distinto de mí, puro y sin mezcla, erecto en recónditas cargas de silencio. De lo contrario te integras al mundo constituido.

No quieres ser mi hijo mestizo, vacío empalabrado con vocación de basilisco. Quieres ser mi amante y generar conmigo, con la princesa del país extranjero: sé entonces puro silencio concentrado y consciente. Sé tu padre, principillo caído.

El torbellino de rotas palabras multicolores se apaciguó y se contrajo al siena casi cobre de magnolias marchitas y al verde casi noche de sus hojas lustrosas. Simultáneamente, la nívea fragancia de brazo materno apagó su esplendor.

Con la boca llena de sabor a ceniza vi los fulgores de la piedra, tímidos y mansos, como serpientes encantadas, a pesar de que el sol entraba a raudales por puertas y ventanas.

essence, since in-fants, *nepioi*, are silence, though they be unconscious silence. You have been losing it gradually, as you have entered the world of constituted word, or rather as it has gradually penetrated you and put you at its service, which is your due by destiny. As for overcoming destiny, you do not even reach the stage of a basilisk which, having achieved the dimensions of a star, continues to be part of my body, shadow, snake skin, a powerful mundane prince, not my lover.

Legitimate and noble is your longing, nonetheless, to come to me, and it does please me; what I censure is the boundless arrogance which prevents you from seeing your finitude. But your aim is true, you metacosmic globule, you fallen image of the Great Silence which gave me my origin and essence. I am always young, always virgin, always beautiful, and I always await the violent one who will take hold of me and make me fecund with sweetness.

You say you repudiate my shadow, and that it is me you want. You say this, therefore you are entangled in my shadow. To come to me you must be free from me, cleanse yourself from every trace of me and be your own self alone, other than me, distinct from me, pure and unmixed, erect in unfathomable charges of silence. Otherwise you are integral part of the constituted world.

You do not want to be my mixed-race son, an inworded void with a basilisk's vocation. You want to be my lover and engender with me, princess of the foreign land: be then pure concentrated and conscious silence. Be your own father, fallen little prince.

The whirlwind of broken motley words calmed down and con-tracted into the almost copper sienna of withered magnolias, and into the almost night green of its glossy leaves. At the same time, the snow white fragrance of maternal embrace turned off its splendour.

With my mouth full of taste of ashes, I watched the flashes of the stone, timid and tame, like charmed snakes, in spite of the sun light coming abundantly through doors and windows.

Después de la catástrofe, me volví tierra de nadie. Yo nadie. La gran ciudad donde vivía me pareció irreal, habitada por tropeles de fantasmas. Mi trabajo perdió sentido. Traducir e interpretar como acercamiento tímido y prudente a la palabra, como juego erótico de candorosa ingenuidad, perdió ése su único sentido, al fracasar el asalto supremo.

Cancelé todas mis cuentas, liquidé todos mis asuntos, renuncié a todas mis obligaciones como los que saben que van a morir muy pronto, y me quedé solo, desorientado, perplejo.

La tierra de nadie en que me había convertido tenía un eje vertical en el medio. Un polo romo señalaba mi origen desconocido hacia el cual podía pero no quería volver. El otro polo, puntiagudo, señalaba la princesa hacia la cual quería, pero no podía ascender. En torno al eje, formaba esfera el mundo constituido, con sus múltiples sujetos supraindividuales cuya servidumbre repudiaba. En el centro yo, glóbulo vano corroído de palabras raíces que se bifurcaban y fibrilaban en mí como flexibles alfileres succionantes.

Si me movía hacia el polo agudo, el temor me rechazaba; si me movía hacia el polo romo, el amor me hacía rebotar; si me movía hacia la periferia, me repelía la abominada servidumbre. Entonces derivé hacia la errancia, hice mochila, me volví vagabundo.

Seguía entre los hombres, pero no tenía rostro. El rostro de los hombres les viene de su identificación con sujetos supraindividuales de la comunidad. Es una combinación de servidumbres, una manera de repartir sus posibilidades entre las actitudes ofrecidas por el colectivo. Yo, al menos, así lo entendía; pero me pareció que ellos creían ser y vivir como personas independientes al hacer ciencia o política, al gozar o sufrir, al ocupar un puesto cualquiera en los juegos sociales. Cuando me encontraban, algunos sentían compasión por mí, el externo, que no tenía puesto ni tampoco preguntaba por la candelilla; otros desde su instalación segura hacían burla de mí; había quienes me miraban con miedo como si yo les recordara obscuramente su condición natural bien encubierta detrás de las

After the catastrophe, I became no-man's land. I, no one. The big city where I lived appeared unreal to me, inhabited by herds of ghosts. My work lost its meaning. Translating and interpreting as a shy and prudent approach to the word, as an erotic game of artless naivety, lost its one sole meaning when the supreme assault turned to failure.

I cancelled all my accounts, settled all my affairs, resigned from all my duties, like those who know they are soon to die, and I remained alone, disoriented, baffled.

The no-man's land which I had become had a vertical axis in the middle. A blunt pole pointed to my unknown origin towards I could but did not want to return. The other pole, sharp-ended, pointed to the princess towards whom I wanted but could not ascend. Around the axis, the constituted world formed a sphere, with its numerous supra-individual subjects whose servitude I despised. At the center, me, a vain corroded globule of root words which branched and fibrillated in me like flexible suctioning pins.

If I moved towards the sharp pole, fear rejected me; if I moved towards the blunt pole, love made me bounce off; if I moved towards the periphery, the abominable servitude repelled me. I drifted then into errancy, I packed a rucksack, I became a wanderer.

I was still among men, but I had no face. The face of men derives from their identification with supra-individual subjects of the community. It is a combination of servitudes, a way of allocating possibilities among the attitudes offered by the collective. At least I understood it this way; but I had the impression that they believed they existed and lived as independent persons doing science or politics, to rejoice or suffer, to occupy any given position among the social games. When they met me, some felt compassion towards me, the external one, the one who did not have a position nor was asking for the thimble; others, from the safety of their installation made a mockery of me; there were some who looked at me with fear, as if I reminded them darkly of their natural condition, well concealed as it was behind their identifications and roles. In any case,

identificaciones y los roles. En todo caso, como no tenían casilla para mí en sus esquemas clasificatorios, yo les producía cierta inquietud, que asumían de varias maneras, a menudo agresivamente, pero pude ver que actuaban a la defensiva contra una amenaza de sí mismos en ocasión de mi presencia desnuda.

Descubrí un modo de conjurar esas reacciones: la falsedad. Asumía la máscara y los gestos de una identidad; de inmediato las actitudes de los demás se constelaban en formas conocidas y previsibles del juego social. Al principio lo hacía torpemente y me desenmascaraban; se encontraban con ese alguien nadie que les producía compasión, miedo o hilaridad. Luego aprendí a tener varias máscaras superpuestas; cuando me quitaban una mal puesta, encontraban otra también comprensible, pero les inspiraba desconfianza. Al fin logré perfeccionar unos cuantos papeles y pude pasar inadvertido en cualquier comunidad. Cuando decidía cambiar de papel, cambiaba también de ciudad o país.

Llegué al colmo ingresando en un grupo de teatro. Hacía en escena los mismos papeles que hacía en la vida real. Papeles de papeles, además del papel de actor fuera de escena, uno de los más difíciles. Esto aceleró mi errancia.

Cuando me quedaba solo, era vejiga vacía de superficie capilarizada en palabras, lucidez absurda; o bien impulso genésico; saltaba hacia el polo agudo y me elevaba para estallar como un cohete, estrella bufa (no llegas ni a basilisco, principillo caído), luego descendía de espaldas hasta el polo romo de mi origen desconocido y rebotaba.

Una vez, al salir de una representación teatral en la que me había tocado hacer varios pequeños papeles cambiando de traje y maquillaje, comprendí que mi errancia era, de alguna manera, una danza. Posturas, actitudes, experiencias se repetían como pasos y describían una trayectoria irregular como de espiral dibujada con descuido en un cuaderno, interrumpida por saltos del lápiz y con tendencia fallida a reiterar su principio. Una danza sin música que producía un zumbido ridículo. Recordé la zaranda, ese trompo grande y hueco, metálico y multicolor, de cuerda, que baila tatarateando.

as they did not have a compartment for me in their classificatory schemes, I inspired them a certain disquiet which they assumed variously, often aggressively; but I could see they reacted defensively against a menace from themselves, only on occasion of my naked presence.

I discovered a way to conjure these reactions: falsehood. I took on the mask and gestures of an identity; immediately the attitudes of the others would cluster into foreseeable and expected patterns of the social game. At first I did it clumsily and they would unmask me; they suddenly faced that no one who inspired them compassion, fear, or laughter. With time I learnt to wear several layers of masks; when one of them was ill-fitted and got removed, they found another one, also understandable, but it made them diffident. In the end, I managed to perfect a number of roles and I was able to pass unnoticed in any community. When I decided to change a role, I changed also city or country.

I came to the extreme of joining a theatre troupe. I performed on scene the same roles I played in real life. Roles of roles, besides the role of actor off the scene, one of the hardest. This gave haste to my errancy.

When I found myself alone, I was an empty vessel of surface capillarized in words, absurd lucidity; or perhaps a genesic drive; I jumped towards the sharp pole and I rose to explode like a rocket, a laughable star (you are not even a basilisk, fallen little prince), then I fell backwards onto the blunt pole of my unknown origin and I bounced off.

Once, at the end of a performance in which I had had to play small roles, changing clothes and make-up, I understood that my errancy was somehow a dance. Stances, attitudes, experiences were repeated like steps and described an irregular trajectory, like a spiral scribbled haphazardly on a piece of paper, interrupted by jerks of the pencil and with a failing tendency to replay its beginning. A dance without music which produced a ridiculous whir. I remembered the

Esa noche, en sueños, tuve una visión y oí una voz. En torno a mí se desplazaban imágenes antiguas, pintadas en forma primitiva, como las haría un niño aún no experto en el dibujo, o un maestro consumado que quisiera significar algo significable sólo de esa manera, imágenes animadas de no sé qué relato enigmático: un prestidigitador, una sacerdotisa velada, una reina en su trono, un rey con su cetro, un maestro de misterios, un joven frente a dos mujeres en una encrucijada, un guerrero antiguo en su carro, una mujer ojos vendada sosteniendo una balanza, un anciano que escondía su lámpara bajo la capa, una rueda accionada por animales, un león amansado por una doncella, un zagal colgado del pie izquierdo a una rama, un esqueleto con guadaña, una virgen desnuda llenando una copa con el líquido de otra copa, un personaje con patas y cuernos de chivo, una pareja cayendo de una torre fulminada, una doncella de largos cabellos que se convertían en ríos, dos perros ladrando a la luna, dos niños bajo el sol, un cementerio donde los muertos salían de sus tumbas al tañido de trompeta, tres animales y un ángel formando cruz en torno a una magnolia. A veces la serie de imágenes era interrumpida por un espejo donde pirueteaba un bufón. Giraban de izquierda a derecha y me hacían señas incomprensibles. O me las hacía yo mismo, porque yo estaba en el centro de su girar, pero me trasladaba sucesivamente hasta cada una de ellas y veía el centro vacío desde ellas y volvía al centro. Comenzaron a girar cada vez más rápidamente hasta que no pude ya más identificarlas. En el vértigo oí la voz del secreteador que decía una adivinanza infantil:

> Para bailar me pongo la capa
> porque sin la capa no puedo bailar
> para bailar me quito la capa
> porque con la capa no puedo bailar.

Al despertar recordé al maestro, que llamaba zarandajos a los hombres de poco valer y sentí que yo era un zarandajo; ni él ni mis padres ni los demás habitantes de mi pueblo podrían creer que yo tatarateaba por el mundo como una ridícula zaranda. Surgió en mí y me inundó de luz violeta una emoción insoportable, conocida hasta

zaranda, that big and hollow top, metallic and multicoloured, which spins with a jitter.

That night, in dreams, I had a vision and I heard a voice. Around me were some ancient figures, drawn in primitive fashion, as if made by a child yet unskilled at drawing, or by a consummate master who meant to convey something only transmittable in this way, animated images of I don't know which enigmatic story: a magician, a veiled priestess, a queen on her throne, a king with his sceptre, a master of mysteries, a young man facing two women on a crossroads, an ancient warrior on his chariot, a blindfolded woman holding a pair of scales, an old man hiding his lamp under his cape, a wheel moved by animals, a lion tamed by a maiden, a youth hanging by his left foot from a branch, a skeleton with a scythe, a naked virgin filling one cup with the liquid of another, a character with goat legs and horns, a couple falling from a lightning-struck tower, a young maid with long hairs which became rivers, two dogs barking at the moon, two children beneath the sun, a graveyard where the dead rose from their tombs at the sound of a trumpet, three animals and one angel forming a cross around a magnolia. The series of images was interrupted at times by a mirror wherein was reflected a pirouetting jester. They turned from left to right, gesturing at me in indecipherable ways. Or I did this to myself, for I was at the centre of their turning, but I successively shifted towards each of them, looked at the empty centre from their place, and then returned to the centre. They started turning faster and faster until I could no longer recognize them. In the middle of the dizziness, I heard the voice of the whisperer telling me a children's riddle:

> In order to dance I put on my cape
> For I cannot dance without wearing a cape
> In order to dance I take off my cape
> For I cannot dance when I'm wearing a cape

As I woke up, I remembered the master, who used to call *zarandas* the men of little value, and I felt I was a *zaranda*; neither he nor my parents or my other fellow villagers might ever believe I was

entonces en sus manifestaciones más leves, una emoción de gran importancia según los viejos: la vergüenza; el que la pierde se pierde.

Recordé también al secreteador y busqué en el fondo de mi mochila el trompo que me regaló. Allí estaba, con su guaral, al lado de la piedra y de la lupa, descuidado durante muchos años, pero conservado como fetiche de la infancia.

Al amanecer busqué un lugar apropiado para bailar el trompo. Las palabras me seguían en vuelo, me atravesaban revoloteando, en bandadas, las más grandes cazando a las más pequeñas, me herían los ojos y los pies en algarabía galimática. Caminaba trastabillando y tropezando. Menos mal que bailar trompo, así como nadar o montar en bicicleta, es un saber que no se olvida.

Le puse su capa de guaral cuidadosamente, las palabras me rodearon entonces como enjambres de avispas. Lo lancé con la punta hacia arriba —método de los veteranos— y ¡funnn!, los enjambres se arremolinaron. El trompo dio varias vueltas bailando, y bailando se quedó quieto en un punto. Me arrodillé y agaché la cabeza hasta el suelo para oírlo de cerca, las palabras convertidas en gusanos se revolvían y revolcaban en mí, gusanera yo. El murmullo del trompo era casi inaudible. Tan sereno bailaba que parecía dormido, podía ponerse en la palma de la mano o en la uña del pulgar.

De repente, mientras lo miraba y lo oía como en otros tiempos, silencio súbito.

No hubo ya más tiempos, ni palabras, ni imágenes. Silencio vacío, homogéneo, uno. Paz profunda.

Cuando regresé a mi consciencia ordinaria, el trompo bailaba todavía. Dio unas cuantas vueltas finales con el eje inclinado, como el de la Tierra, antes de correr hacia mi mano, cachorro juguetón.

Por primera vez había conocido la paz. Reflexioné. La tierra de nadie, yo nadie, tenía estructura de trompo, pero de trompo hueco. Las circunstancias me daban cuerda como a una zaranda desequilibrada y yo saltaba por aquí y por allá, repitiendo absurdamente posiciones ridículas, emitiendo sonidos cacofónicos. Es posible que a muchos les tocara ser zarandas, así como era claro que a muchos les tocaba hacer los papeles que hacían y mantener la identidad que

jittering around the world like a ridiculous hollow top. Inside me arose an emotion, flooding me unbearably with a violet light, an emotion known until then only in its mildest forms, an emotion of great importance according to the elders: shame; he who loses it, loses himself.

I remembered also the whisperer, and I searched the bottom of my rucksack for the spinning top he had once given me. It was there with its rope, next to the stone and the magnifier, forgotten for many years, but preserved as an amulet from my childhood.

At sunrise, I went to look for a suitable place to spin my top. Words were following me in their flight, flittering through me and around me, like flocks, the larger ones preying on the smaller ones, they wounded my eyes and my feet in gibbering euphoria. I walked on stumbling and tripping. Fortunately, spinning a top, like swimming or riding a bicycle, is an unforgettable skill. I wrapped it carefully in its cape of rope. Words surrounded me then like swarms of wasps. I threw it forward with the tip pointing up—the expert's method—and whoosh!, swarms whirled around. The top spun dancing around, and it remained dancing steady on a fixed point. I kneeled down and got closer to the floor to listen to it. Words, turned into worms, rolled and wiggled inside me, I was a worm-infested wound. The murmur of the top was barely audible. It danced so serenely that it seemed asleep, you could place it on the palm of your hand or on your thumb's nail. Suddenly, as I looked at it and listened to it like in former times, silence struck.

There was no more time, nor were there words nor images. Empty silence, homogenous, one. Profound peace.

When I came back to my ordinary consciousness, the top was still spinning. It turned a few more times on its sloping axis, like that of the Earth, before rolling back into my hand, a playful puppy.

For the first time I had known peace. I reflected. I, no man's land, I, no one, had the structure of a spinning top, but it was a hollow top. Circumstances threw me with their rope, to dance like an unsteady zaranda, and I hopped here and there, absurdly repeating funny stances, emitting cacophonic sounds. It was possibly many people's

habían asumido; pero sin duda no a mí. Si yo pudiera bailar como un trompo, ¿no se pondría todo en orden? Pero yo era un trompo sin guaral y sin niño.

Echado en el polvo, derrelicto, abyecto, lloroso, sin consuelo posible, demasiado lúcido para creerme héroe negro, comprendí y sentí a fondo mi limitación, mi finitud, mi ignorancia, mi impotencia. Perdido en la palabra constituida, amante temeroso y débil de la palabra constituyente, me afinqué desesperadamente en mi propia falta de fundamento; forzando la fragilidad de mi estar ahí sin sentido, reuní el poco silencio que era, lo amasé con los recuerdos de mi búsqueda fracasada y, como si supiera de alguien abscóndito y libre en mí, inventor lúdico del verbo, prorrumpí en un grito que era yo mismo en el paroxismo del anhelo:

¡Báilame, niño!

lot to be a zaranda, just as it was clear that it was their lot to play the roles they played, and to keep the identity they had assumed; but that was certainly not my case. If I could dance like a spinning top, would not everything come to be in order? But I was a top without a rope and without a child.

Lying on the dust, despondent, abject, tearful, with no chance of consolation, too lucid to think myself a black hero, I understood and deeply felt my limitation, my finiteness, my ignorance, my impotence. Lost in the constituted word, a fearful and weak lover of the constituting word, I took for support desperately my own lack of foundation. Forcing the frailty of my own being there meaninglessly, I gathered the little silence I was, I kneaded it with memories of my failed quest, and as if I knew of someone recondite and free within me, a ludic inventor of the word, I broke the silence with a cry that was myself in the paroxysm of longing,

Make me dance, Child!

Llegué a mi pueblo casi al amanecer. Había cumplido la última etapa a lomo de mula. Era Nochebuena. Los aguinalderos cantaban todavía de casa en casa. Guitarra, cuatro, guitarrón, furruco. Las luces de las casas escribían sobre la calle no sé qué palabras felices en un alfabeto desconocido. Con voz ronca y alegre de insomnio y aguardiente los músicos entonaban.

> Niño lindo
> ante ti me rindo
> niño lindo
> eres tú mi Dios
> con tus lindos ojos
> Jesús mírame
> y sólo con eso
> y sólo con eso
> me contentaré.

y pedían aguinaldo

> Esta casa es grande
> tiene cuatro esquinas
> y en el medio tiene
> rosa y clavellina.

Yo sabía ya que rosa y clavellina y todas las flores incluyendo la magnolia eran advocaciones de la magnolia. Estaba vigoroso y sereno. La tierra de nadie bailaba y bailaban las palabras con ella, en la periferia; la distancia era justa, armoniosa; el eje conectaba dos infinitos incomprensibles, bellamente incomprensibles, que yo doctamente ignoraba. Nunca profundidad florece en formas. No es por superación ni por retorno la liberación, sino por una manera de rotar donde se encuentran enstáticamente la piedra, la princesa y su estela, el basilisco y el silencio en sublime eutaraxia.

kaf alef

I arrived at my village almost by dawn. I had completed the last leg of my journey on a mule. It was Christmas Eve. The carol singers were still going from house to house. Guitar, cuatro, guitarrón, furruco. The lights of the houses wrote upon the road I don't know what happy words in the letters of an unknown alphabet. With a coarse and cheerful voice of sleeplessness and spirits, the musicians started,

> Pretty Child
> I surrender to you
> Pretty Child
> For you are my God.
> With your eyes so pretty
> Jesus look at me
> And with that alone
> And with that alone
> Content I shall be.

and they asked around for tips,

> This is quite a big house
> Of corners she has four
> And in the middle grow
> Carnation and sweet rose.

I already knew that the rose and the carnation and all flowers, including the magnolia, were manifestations of the magnolia. I was invigorated and serene. The no man's land was dancing, and words danced along with it, on the periphery; the distance was precise, harmonious; the axis joined two incomprehensible infinities, beautifully incomprehensible, which I learnedly ignored. Never does profundity bloom into forms. Liberation is not through overcoming or returning, but rather through a way of rotating in which the stone, the princess and her trail, the basilisk and silence meet en-statically in a sublime eutaraxy.

Sonaron las campanas de la iglesia. Vi detrás de la torre al lucero del alba, sereno, tan sereno que parecía dormido. Ya había espantado del cielo a las estrellas y anunciaba sol. Me subí a la torre que me había enseñado el vértigo para reconocer el mundo. Por el lado del camino grande, ese camino que lleva a todas las ciudades de la tierra, estaba la casa de doña Sofía, humilde bajo la majestad del basilisco que se hundía poco a poco en la luz del amanecer. Por el lado opuesto, la sabana inculta, desierta, donde el naturalista trabajó durante afanados meses, la sabana de las águilas. Por el tercer lado, la región pecuaria, de guarracucos insomnes y nictálopes donde vivía el secreteador. Por el cuarto lado, la región de los sembradíos llamada país del tigre por la aparición esporádica de grandes felinos. En el medio, el pueblo, y en el centro del pueblo, frente a la plaza, la casa del maestro. Vacía. Pero se volvería a llenar de infancia el Día de Reyes, infancia, región visible donde brota el silencio y se conjuga lentamente a la palabra sin dejar de ser silencio. Antes de bajar, sentí el llamado del río; lo saludé cordialmente, ese río andariego y despreocupado que llega hasta el océano, sube al cielo, se baja por los Andes, vuelve al pueblo y no pone inconveniente si algún niño travieso quiere hacer su periplo a contrapelo.

Hasta entonces había pasado inadvertido; pero cuando bajé de la torre en plena luz, me reconocieron todos. Llegué a mi casa con una multitud. Después de los abrazos, las lágrimas de alegría, las exclamaciones, las preguntas, el café, el baño, las arepitas fritas, se armó una gran fiesta añadida a la fiesta tradicional. En la sala había, como siempre para esa época del año, un gran pesebre. El niño de yeso sonreía, enorme, mucho más grande que los personajes y animales de anime que lo rodeaban. Parecía mirarme y yo le dije desde mi corazón: cuando cese el impulso del guaral serpentino, correré hacia tu mano, cachorro juguetón.

Escapé de la fiesta porque debía hacer tres visitas. Cuando llegué a la casa del maestro me estaba esperando. Al fin regresas, dijo, como si yo hubiera tardado al hacer un mandado. Necesito un ayudante, no puedo ya con tanto basilisco.

I heard the church bells ringing. I saw the Morning Star behind the tower. It was peaceful, so peaceful that it seemed asleep. It had already driven the stars away, and it announced the sun. I climbed the tower which had taught me vertigo, in order to recognize the world. On the side of the main road, that road which leads to all the cities of the Earth, was the house of Doña Sophia, humble under the majesty of the basilisk which gradually sank in the morning light. On the opposite side, the savannah, desert-like, where the naturalist worked for strenuous months, the savannah of the eagles. On a third direction, the cattle region of insomniac and nocturnal owls where the whisperer lived. On the fourth direction, the agriculture region, called land of the tiger due to the occasional appearance of large felines. At the centre, the village, and at the centre of the village, in front of the square, the master's house. Empty. But it would be filled again with children on Epiphany—childhood, the visible region where silence springs to conjugate slowly with the word, without thereby ceasing to be silence. Before going down the stairs, I heard the call of the river: I greeted him cordially, that rambling, carefree river which goes right down to the ocean, rises up to the sky, climbs down the Andes and returns to the village, and does not mind if some naughty boy wishes to trace its journey the other way round.

Until then my presence had gone unnoticed, but when I climbed down from the tower in full daylight, everyone recognized me. I entered my house with a big crowd. After the hugs, the joyful tears, exclamations, answers, coffee, a bath, and fried arepas, a big party began in addition to the festivities. In the lounge, as was always the case this time of the year, there was a big nativity. The plaster child smiled, huge, much larger than the plastic figures and animals around him. He seemed to look at me, and I told him from my heart, "When the drive of the snake-like rope comes to an end, I will roll back into your hand, a playful puppy."

I slipped off the party because I had to pay three visits. When I arrived at the master's house, he was awaiting me. You are back at last, he said, as if I had just been delayed on an errand. I need an assistant, I cannot cope with so many basilisks.

Acepté de inmediato, pues para eso había regresado. Me estuvo instruyendo largo rato sobre mis deberes, obligaciones y responsabilidades. Con respecto a salarios, remuneraciones y sueldos dijo que a quien cumple su tarea nunca le falta Dios. En el curso de la conversación propuse cambiar la palmeta por la lupa, después de todo tenían la misma forma; pero él me cortó en seco. No hay que suprimir la palmeta sino iluminar las manos que la usan. Sólo pueden ver bien por la lupa los que han visto primero por los ojos de la palmeta, madre de la vergüenza.

Las palabras palmeta y lupa se pusieron a retozar por toda la casa aprovechando el receso docente.

sof

I accepted immediately, since that was the reason for my return. He started instructing me at length about my duties, tasks and responsibilities. Regarding, salary, remuneration and wages, he told me that he who accomplishes his duties is never abandoned by God. During the course of the conversation, I suggested we replaced the cane with the magnifier, since after all they had a similar shape; but he did not let me finish. "One does not need to do away with the cane, but rather to enlighten the hands that use it. Only those can see well through the magnifier who have first seen through the eyes of the cane, mother of shame."

The words cane and magnifier started running playfully around the house, taking advantage of the holiday break.

sof

www.ingramcontent.com/pod-product-compliance
Lightning Source LLC
LaVergne TN
LVHW091707190726
843493LV00001B/182